onya
ニャ文庫

# 闇に飼われた王子

桜井さくや

イースト・プレス

contents

# 第一章

王国ブラックウッドは建国から三百年を経て、比較的安定した国家を築いていた。

そのような平穏が続く中、都の一角に居《きょ》を構える子爵家フローレンス邸には、月に数回、必ずある客人が訪れることで有名だった。

客人の名はカイル。王国の第一王子だ。

彼がこの家にやってくる目的はただ一つ。将来を約束した恋人で、この家の娘でもあるエマに会うためだった。

「――カイル、いつも同じことを言うようだが、来るなら来ると前もって連絡を入れてくれても罰《ばち》は当たらないと思うぞ？　お陰《かげ》で我が家の使用人はいつも大慌てだ」

カイルとチェスを交えながら小言《こごと》を言うのは、エマの三つ上の兄オリバーだ。

もちろん、小言を言うのには訳がある。

カイルはいつも何の前触れもなくやってくるうえに、我が家のように寛《くつろ》いだ挙《あ》げ句《く》、時々泊まっていくこともあるので屋敷の中は毎度の如《ごと》く慌ただしくなってしまう。

要はそれを注意しているだけなのだが、問題はそれに対するカイルの主張が噛《か》み合わないことにあった。

「だが、ここへ来たいと思った次の瞬間には馬に飛び乗ってしまうんだ。連絡を入れていたらすぐに来られないだろう？　そもそも頻繁に訪れる私など適当に扱ってくれて構わないと言っているのに……」

「そうは言ってもだな。……なぁ、エマからも言ってくれ。このわがまま王子もおまえの言うことなら素直に聞くかもしれん」

「えっ？」

溜息《ためいき》まじりに突然話を振られ、エマは驚いて顔を上げる。

二人がチェスをする様子に見入っていて、話の内容をよく聞いていなかった。

とはいえ、大体いつも似たような言い合いをしているので考えるまでもないのだが……。

『どちらの味方をするんだ？』と言わんばかりのカイルとオリバーの視線に、エマは苦笑を浮かべるしかなかった。

「お兄様、カイルはわがままを言っているつもりはないのだと思うわ」

そう答えると、オリバーは「……所詮《しょせん》兄より恋人か」と哀《かな》しげに呟《つぶや》き、カイルは端整な顔をふにゃっと崩して嬉しそうに笑った。

当たり障《さわ》りのない返答をしたつもりが、二人の受け止め方は違ったらしい。

「嬉しいよ。エマは私の味方をしてくれると信じていた。……あ、ところでオリバー。さっさと次の一手を打ってくれないか？　いい加減、待ちくたびれてしまった」

「分かっているから、ちょっと待て！」

カイルはエマには笑顔を向けつつ、チェスボードの前で手が止まっているオリバーに冷静な指摘をする。

先ほどチェックをかけられて絶体絶命となり、オリバーの手はもう何分もボードの上を彷徨《さまよ》うだけだったのだ。

しかし、急かされたことで遂《つい》に決心したらしく、カイルの顔をちらちら見ながらナイトの駒《こま》をそうっと動かした。

「チェックメイト」

「ぐ……っ」

駒を動かした直後に無情な一言が発せられ、オリバーは顔を引きつらせる。

カイルはほくそ笑み、自陣《じじん》のクイーンを手に取って大きく斜めに動かす。その先にはオリバーのキングがあり、容赦なくその駒が取られ、兄の敗北が確定した。

「ああ…、やはり負けたか～！」

「分かっていたなら、投了してもよかったのではないか？」

「いや、だめだ！　もしもということがあるだろう？　足掻《あが》けば起死回生があるかもしれないじゃないか！」

「……おまえのそういうところ、私は割りと気に入っているよ」

「それはどうも！」

負けたうえに慰められた恰好《かっこう》となり、オリバーはやけくそ気味に頬杖《ほおづえ》をつく。

そんな二人のやりとりがおかしくて、エマは笑いを堪えるのが大変だった。

カイルはフローレンス家に来るたびに必ず兄とチェスをするのだが、エマはまだ一度もカイルが負けたところを見たことが無い。恐らくオリバーにチェスの才能が全く無いだけだろうが、勝利の後に浮かべるカイルの勝ち誇った笑顔は子供のように無邪気で、エマはこの二人を仲のいい兄弟のようだと思いながら微笑《ほほえ》ましく見ていた。

もちろん、初めてこの家にカイルが訪ねてきた時はこうはいかなかった。

王家に対するフローレンス家の忠誠心は昔から強く、エマたちの両親は失礼な態度に対して非常に厳しかった。あまりの堅苦しさに、「オリバーは友人でありエマは恋人なのだから、せめてこの家にいる時だけは特別な扱いをしないで欲しい」とカイルが説得し続け、何年もかけて今のような関係が築《きず》かれた。

当然ながら、一歩外に出ればこんなやり取りは許されない。こうして傍にいられることが未だに不思議でならないが、目の前にいるエマの恋人は、間違いなく国王の一人息子であり次代の王になる存在でもあるのだ。

そんな思いに囚《とら》われながら、エマはカイルの横顔を見つめる。

いつもなら勝敗が決まった時点で席を立つのに、今日は少し様子が違う。その眼差しは、何故か先ほどからチェスボードに注《そそ》がれたままだった。

「カイル、どうかしたの？」

「ああ、何でも……」

問いかけると、彼はハッとした様子で顔を上げる。

しかし、すぐに難しい顔をして黙り込み、程なくして二つのキングの駒を左右の手に一つずつ持つと、不思議なことを呟いた。

「たとえば王が二人になったら、国はどうなるだろうか？」

「え？」

「……カイル、それは穏やかな話ではないな」

それまでどんよりと沈んでいたオリバーが目を光らせた。

「俺は断固反対する。統治する者は一人しか認めない。もしも王の意見が真っ二つに割れればどうなる？　国を二分する事態に陥《おちい》るかもしれない」

続けて意見したオリバーの眼差しは平素《へいそ》よりやや鋭かった。

今のカイルの言葉が、兄にとって聞き流せないものだったからだろう。

それも仕方のないことだった。今でこそこの国は落ち着いているが、過去には王族同士の権力闘争で国が分裂しかけた歴史が何度も繰り返されてきた。

オリバーでなくとも敏感にならざるを得ない発言だったが、フローレンス家はこの国が出来る前から軍人として、後に王族となる家に仕えてきた家系でもある。今は一貴族に過ぎず、力もさほど大きなものではないが、それでも国を思う気持ちは人一倍だという自負があったし、王家を支えていく気概《きがい》もある。オリバーはこうしてカイルと親しくする一方で、近衛隊の隊長として王家を守る立場にあり、多くの部下を従《したが》える身でもあった。

「……そうだな」

僅《わず》かな沈黙の後、カイルは自嘲《じちょう》気味に頷《うなず》く。

すぐに強張《こわば》らせていた表情を元に戻し、いつもの爽やかな笑顔を浮かべた。

「すまない。素朴な疑問のつもりだったが、配慮もなく口にすべきことではなかった。深い意味はないのだ。どうか忘れてくれ」

「あ、いや。こっちも大人げなかった」

謝罪されるとは思っていなかったようで、オリバーは戸惑いがちに頷いている。

それを横目にキングの駒をテーブルに置いたカイルは、素早くエマの手を取って立ち上がった。

「――というわけで、約束どおりこれからしばらくエマと二人きりにさせてもらうぞ。恋人同士の大切な時間だ。絶対に邪魔をしに来るなよ」

「だ、誰が邪魔など…っ。負けたのは俺だ。男に二言はない」

「ならよかった。エマ、行こうか」

「え、ええ」

指先にキスをされエマも立ち上がると、カイルの腕が肩に回される。

オリバーはそれを見て嫌そうな顔をしたが、ぐっと堪えた様子で口を挟むことはしなかった。あらかじめ交わしたカイルとの約束があったためだ。

――オリバーにチェスで勝てればカイルはエマと二人きりになれる。

それが、カイルがここを訪れるたびに二人がチェスをする理由でもあった。

しかし、自分が弱いと知りながらオリバーは敢えてチェスで勝負しているのだから、本当はそのような約束にはあまり意味がないのかもしれない。妹想いの優しい兄は、昔からちょっと心配性で単に釘《くぎ》を刺したいだけなのだ。

「カイル、エマを泣かせるなよ」

部屋を出る直前、オリバーは決まって同じ台詞《せりふ》を言う。

いつもの言葉をかけられたカイルは、不敵な笑みを浮かべて振り向いた。

「心配は無用だ。知ってのとおり、五歳の時から今日まで十二年間、私はエマにぞっこんなのだ。他の女に興味を持ったことなど一度もない」

「まあ…、そこは信用している」

「なら安心してくれ。エマは一生をかけて私が幸せにしよう」

カイルは自信満々にそう答え、エマの頬にキスをする。

「あっ、こら！」

流石《さすが》に目の前でのキスは看過《かんか》出来なかったようで、オリバーは立ち上がって抗議の声を上げた。

だが、その程度はカイルも予測していたらしい。

すかさずエマの手を引っ張ると広間から連れ出し、彼はいきなり走り出した。

「行くぞ、エマ！」

「えぇ!?」

驚きの声を上げるも、ぐいぐい引っ張られてエマは全速力で走らされる。

廊下を駆け抜ける二人の姿を見て、使用人たちがクスクス笑っていた。

どこかに隠れてしまいたいほど恥ずかしい。そう思いながらも大股《おおまた》で走る足は今さら止められず、二人はエマの自室へと一気に駆け抜ける。

カイルは部屋に飛び込むなり素早く扉に鍵をかけ、腹の底から楽しげな笑い声を上げた。

「エマ、オリバーの怒った顔を見たか!?」

「はあっ、はあっ、もう…っ、子供みたいなことをして！」

エマは息を切らせ、同じだけ走ったのに涼しい顔をしているカイルを睨む。

彼は「ごめんごめん」とエマの背中を撫《な》でながら謝罪し、いたずらっ子のような笑みを浮かべていた。

とても反省している顔ではない。

言っても無駄だと知りながら、エマは何とか呼吸を整え、ジトっとカイルを見上げた。

「もっと普通に仲良くすればいいのに」

「それでは面白くないだろう？　ああやって私に好き勝手にものを言うのはオリバーだけだ。楽しいじゃないか」

「楽しい？」

「ああ。王宮では、他人の顔色を窺《うかが》い、腹の探り合いばかりするつまらない連中がほとんどだ。なのにフローレンス家に来れば、いつだって小言三昧《ざんまい》！　愉快《ゆかい》で堪《たま》らない」

「小言なんて楽しくないと思うのだけど」

「いいんだ。それに、ここに来ればエマに会える。こうして触ることだって出来る！いっそ住みついてしまいたいくらいだよ」

そう言ってカイルは両手を大きく広げ、エマの腰を抱きかかえてまた走り出した。

「きゃあっ」

一気に視界が高くなったエマは、彼にしがみつくことしか出来ない。

しかし、カイルがどこへ向かおうとしているかは分かっていた。彼が部屋に来ると大半の時間は同じ場所で過ごしているからだ。

「エマ、今日も君が大好きだ！」

抱えたエマごとベッドに飛び込んだカイルは、愛を告白しながら顔中にキスを降らせる。

熱に浮かされたような眼差しを向けられ、エマは有無を言わさず唇を奪われていた。

「あ…んぅ。ん、ん」

深い口づけを何度も交わし、きつく舌が絡められる。

互いの唾液がエマの口端から零《こぼ》れ落ち、それをカイルが舐《な》めとっていく。次第に頬が紅《こう》潮《ちょう》し、彼が欲情していく様子が分かるようだった。

けれど、そうやって情熱的に気持ちをぶつけられるのはいつものことだ。

本人曰く、「いつだって溢《あふ》れんばかり」なのだそうだ。

エマ自身そんな彼を強引だと思うが、別段困っているわけではなく、ごく自然に受け止めていたりもする。

――こんなこと、お兄様に知れたら大騒ぎになるだろうけど。

苦しいほどの口づけを受けながら、エマは頭の隅《すみ》でぼんやり考えた。

二人きりでこうして過ごすようになったのは、いつ頃からだっただろうか。

最初はただ話をするだけだったのが軽く触れるキスをするようになり、気づいたら時間の許す限りベッドの上で抱き締め合うようになっていた。

白状してしまえば、多少身体のきわどい部分に触れられることはあったし、彼の手が気持ちいいと思うこともあった。もちろん、この部屋でのやりとりは二人だけの秘密で、オリバーなどには口が裂けても言えないことだ。

「こうして口づけるのは何日ぶりだろう。エマ不足でおかしくなりそうだった。本当はすぐにでも君を私の花嫁にしたいのに、……うまくやれなくてごめん」

彼はエマの首筋に唇を這《は》わせた後、柔らかな胸に顔を埋める。

——カイル、王宮でまた誰かと揉《も》めたのね……。

最後の囁《ささや》きに僅かな憤《いきどお》りが滲んでいるように感じ、エマは彼の美しいブロンドの髪を指で梳き、その大きな身体をぎゅっと抱き締めた。

端《はた》から見れば王子など気楽で、何でも好きなように出来ると思われがちだ。

だが、実際はそうならないことがとても多く、行使出来る力など高《たか》が知れていると、いつだったかカイルが漏《も》らすのを聞いたことがある。

ここだけを見れば、彼が子爵家に逃げ出してきているように思われそうだが、カイルはこの国を良くしていきたいという強い志を持った人だ。そのためには古い考えにばかり囚われるのではなく、違う視点でものを見ることも必要だと思っている。

というのも、この国は建国当時に出来た制度がほとんど変わることなく今に続いており、権力を持つ者、持たざる者の垣根《かきね》が非常に高い。おまけに貴族同士でも上下関係がはっきりしており、力のある家の者にそれより下の階級の者が意見することは難しく、ある意味硬直した社会を形成している一面があるのだ。

しかし、それでは人も国も育たず、この先衰退していく一方だ。実力のある人物は認めるべきだし、新しくとも良いものであれば取り入れるべきだろう。カイルはそう主張しているが、既得権益を有する者にはなかなか受け入れがたい意見のようで反発も多い。

それでも強気な性格の彼は、滅多なことでは落ち込む姿を見せなかった。

こうして憤りを垣間《かいま》見せるのは、大抵そういう対立の中でエマが絡んでいる時なのだ。

カイルは次代の王となることが約束された、国にとっての宝だ。にもかかわらず、彼の想い人は名家と言えるほど力があるわけではない子爵家の娘。五歳の時からの王子の一途な恋を知る国民の多くは、自分たちを微笑ましい目で見てくれていると聞くが、体制側である王宮内の意見はそう優しくはない。

二人の関係を不釣り合いだと批判し、断固反対する声はここ数年で強まっており、カイルはそんな人たちと度々衝突《しょうとつ》しているのだ。

最も声高に批判しているのが、王宮内でもかなりの発言力を持つ宰相アイザックで、それが余計に話を難しくしているようだった。

そのような状態で無理矢理エマを妃に迎えても、針のむしろの上で過ごすことになるのは目に見えている。現状では何をされるか分からないからと、カイルがエマを王宮に呼ぶことはほとんどない状況だ。オリバーが心配するのも、歓迎されていない二人の関係を気にしてのことだった。

唯一の救いがあるとすれば、カイルの父であり王のエドガルドがエマに対して好意的でいることだろうか。あまり我が強い性格ではないため、そういった勢力を表立って窘《たしな》めたりはしないが、エマと会うたびに『カイルを頼む』と温かな眼差しを向けてくれるのが心の支えだった。

「カイル、こうしているだけで私は幸せよ」

エマは彼のこめかみにキスを落とし、耳元でそっと囁いた。

普段は自信たっぷりな顔をしているのに、二人の時には少しだけ弱い部分を見せてくれる彼がとても愛しかった。

周囲の意見は様々だ。それはエマも理解している。愛を誓い合ってはいても、彼の花嫁になれるかさえ分からない。カイルの隣にいても恥ずかしくない淑女になれるよう、様々な作法や心得を学びもした。それでもきっと自分よりも彼に相応《ふさわ》しい女性は、世の中にたくさんいるだろう。

だとしても、引き下がることだけはしたくなかった。

まっすぐでひたむきなカイルの眼差しは、いつだって未来の花嫁姿を夢見させてくれる。他の意見に左右されて大切なものを見失うことだけはしたくないのだ。

『一目惚《ぼ》れだ。結婚してくれ』

ふと彼と出会った時のことを思い出して、エマはくすりと笑う。

あれはもう十二年も前になるのか。

カイルは五歳、エマは四歳。

王族の結婚式にフローレンス家も末席ながら招待された時のこと。多くの招待客がいる中でたまたますれ違ったのが事の始まりだった。

『この髪もすてきだ。触っていいか？』

良いとも悪いとも言っていないのに、カイルはエマの亜麻《あま》色の髪をいきなり触りだす。

驚いて固まっていると、それに気づいたオリバーが口を挟んできたが、カイルは動じずに『兄上か。末永く仲良くしていこう』などとにこやかに返していた。

その場で開かれていた結婚式で、エマも花嫁の美しさに憧れていたところだ。申し出の意味は何となく分かっていた。

しかし、目の前にいるのは誰とも知れない少年。突然求婚された挙げ句、勝手に髪まで触られて、まともな反応など出来るわけもなかった。

『どうした。なぜ何も答えない？　そうか、さては照れているのだな？　まぁ無理もない話だ。私は将来、世の婦女子を騒がせる絶世の美男子になるらしいからな。そんな私から求愛されて言葉も出ないほど嬉しいのだろう？　……ならば話は早い。とにかく私は今、高鳴る胸がはちきれそうで大変なのだ。君もそうなら分かるだろう？』

人が戸惑っているのを気にもせず、彼の口はもの凄《すご》く滑《なめ》らかだった。

自身の自慢をまじえながら頬を赤らめ、さりげなくエマの手を握ってくる。

変な人だと思ったのが第一印象というのは、ある意味仕方のないことだろう。

けれど、エマがちょっとした不審者を見る目で黙っていると次第に焦りだし、その形相《ぎょうそう》はどんどん必死になっていく。怖いほど至近距離にまで顔が迫ってきて、内心ビクビクしていると今度は跪《ひざまず》かれ、最終的には涙を浮かべて懇願された。

周囲のざわめきが凄まじかったことはよく覚えている。

当然カイルの行動を止める者もいたが、それでも彼はエマに求婚し続けた。

エマの方はといえば、最初はかなり引いていた。

しかし、なり振り構わぬその姿を見ているうちに、冷たくしてはいけないような気になり答えに窮《きゅう》していると、『君は私を少しずつ好きになってくれればいい』との妥協案を持ち掛けられ、どこの誰かも知らないまま、それなら…と、その場で結婚の申し出を受け入れてしまったのだ。

思えば、あの頃からカイルはカイルだった。

こんな人、後にも先にも絶対に出会えないだろう。

「どうした？　そんなに楽しそうな顔をして」

「ううん。あなたと初めて会った時のことを思い出しただけ」

「ああ」

カイルは納得した様子で頷き、エマの指先に口づけると得意げに笑った。

「エマ、君は知っているか？　ブラックウッドの王族は、一目惚れで生涯の伴侶《はんりょ》を選ぶことがとても多いんだ」

「そうなの？」

「何を隠そう、父上もそうだった。残念ながら母上は私を産んで数か月後に亡くなってしまったが、今でも父上の愛は変わらない。私にはその気持ちが痛いほど理解出来る。エマに出会った時の衝撃は今でも忘れられない。頭の中で鐘《かね》の音が響いたんだ！」

「鐘…って。大聖堂の鐘の音ではなくて？」

出会った時の状況を思い出して素朴な疑問をぶつけると、彼は少し不貞腐《ふてくさ》れた顔をしてエマの豊かな胸に顔を埋める。

僅かな沈黙が流れ、余計なことを言ったと気まずくなった。

「……それも鳴っていたが、あの音は全くの別物だった。君が私の相手なのだと教える鐘だった。絶対にそうなんだ」

「うん。ごめんなさい」

謝ると強く抱き締められ、そんな彼をエマも同じくらいの力で抱き締め返す。

疑うつもりで言ったわけではないのだ。嬉しいに決まっている。

それに王が好意的な目で自分を見てくれるのに、そんな理由もあったのかもしれないと知れたことも嬉しかった。

「あぁ、そうだ。大事なことを忘れるところだった」

と、彼は唐突に何かを思い出した様子で身を起こす。

上衣のボタンを外し、懐からベルベットの小さな袋を取り出した。逆さにしたその袋から、何かがカイルの手のひらにコロンと転がり落ちる。

「……指輪?」

「そう」

青く澄んだ綺麗な宝石。サファイアだろうか。

エマはそのあまりの美しさに見惚《みと》れていた。

「これを君に」

「えっ!?」

驚いて声を上げるとカイルは唇を綻《ほころ》ばせて頷き、エマの左手の薬指にその指輪を嵌《は》めた。

「昨日、父上から譲り受けたのだ。母上に結婚を申し込む時に贈ったものだとか」

「それって…」

「父上は大切な人に贈るようにと言っていた。すぐにでも君にこれを贈りたくて、我慢出来ずにここに来てしまったんだ」

「そうだったの」

「はっきりと言葉にしなかったが、父上は私たちのことを認めていると確信した。何せ、アイザックの前でこの指輪を私に渡したのだからな」

好意的に見てくれていると思えた裏には、明確な意志があったということか。

エマが涙ぐんでいると、カイルはサファイアが光る指に口づけた。

「エマ、私は頑張るよ。王宮内に巣くう無能な権力者など、いつの日か必ず蹴散《けち》らしてやる。風通しのいい国にするんだ。多くの者がそれぞれに能力を伸ばせる環境を手に入れられる方が絶対に未来は明るい」

「素敵ね。カイルなら出来るわ！」

「だろう？　傍にいて応援してくれるか？」

「もちろんよ」

「エマ…ッ、君がいれば百人力だ！」

エマが笑顔で頷くと、彼は感極まった様子で掻き抱く。

そしてエマの首筋にキスをしながら、驚くことを言い出した。

「ああ、だめだ。本当に堪らない！　強引にでも君を攫《さら》っていきたい気分だ。いっそのこと、今ここでエマの全てを私のものにしてしまいたい」

「えっ？」

「……だめだろうか？」

「だ、だめというわけじゃ…っ」

「エマはいやか？　指輪だけでは力不足だろうか？　結婚まで待つべきだと思うか？」

「えっ、あの…っ。ええと。特にだめとは…、思わない、けど」

「本当か!?」

「……も、もちろん嬉しい、わ」

しどろもどろに答えるエマに、彼は心底嬉しそうに笑う。

そう言えば、必死に頭を下げて結婚を迫る彼をエマが受け入れた後も、こんな笑顔をしていたと思い出す。

一見強引なように見えて、カイルは相手の気持ちを無視したりはしない。これまでエマを自分の思いどおりにしようとしたことは一度もなく、キスやそれ以上のことをするのにも、エマの気持ちが追いつくまで何年も待ってくれた。

今ではエマだって彼を愛しているし、初めてを捧げる人は彼以外いないと思っている。キスをしたり身体を触らせておきながら、今さらもったいぶるつもりもなかった。

彼が一線を越えずにいるのは、結婚するまでは互いにまっさらでいようとする意志を持っているからだろうと勝手に思っていただけのことだ。

「あの、カイル。上手に出来ないかもしれないけど、私、頑張るから」

エマがそう答えると、カイルは顔を真っ赤にして抱き締めてきた。

「エマ、そんなことを気にしなくていいんだよ。私だって童貞なんだ。下手に決まっているじゃないか。だけど、今出来る最大限の努力を約束する！　もし痛みが募《つの》っても、すぐに終わらせる自信があるんだ。恐らく君の中は、この世のものとは思えないほどの快感を私に与えて……」

「わ、分かったわ、分かったから！」

あまりに恥ずかしいことを言うので、エマは慌てて口を挟む。

カイルの興奮はかなりのもので、自分が何を言っているのか理解していないのかもしれなかった。

すると、彼は顔を赤くしたまま、おもむろにエマの背に手を回す。

たどたどしい手つきで後ろのボタンが一つ二つと外されて、徐々に肌が露《あら》わになっていった。

――え？　もう始まっているの？

そのことに妙な感心を覚えつつ、空気に晒《さら》された胸の頂《いただき》に熱い唇で吸い付かれて思わず声を上げた。

「ん、やぅ」

その高い声に、エマはハッとして自分の口を押さえる。

恥ずかしいと思う気持ちと、声を出しては外に聞こえてしまうという懸念があったから

だが、彼は口を押さえたエマの手を掴み取ってしまう。そして、うっとりした顔で初々し

く色づいた乳首を甘噛みしてきた。

「あっ」

「かわいい声だ」

そう言って彼は目を潤《うる》ませ、ふぅ…と乳首に息を吹きかける。

ぴんと尖った先を彼の指で突《つつ》かれ、その指ごとぱくりと頬張る様子に、エマは身悶《みもだ》えな

がら首を横に振った。

「や…、カイル、だめ。手を放して」

「どうして？」

「口、塞《ふさ》いでいないと誰かに聞かれてしまうわ」

「だめなのか？」

「というより、お兄様に知られたら」

「……ああそうか」

言わんとすることは、伝わったようだ。

彼は名残惜《なごり》しげにエマの手を放して、再び胸の先端を舌先で転がしていった。

「あ、…ん」

そうしている間にも背中のボタンは全て外され、服が引きずり下ろされていく。

ところが、腰で結んだ紐《ひも》が邪魔をしてうまく脱がせられないようだ。

カイルは紐の存在に気づかず、どこに原因があるのか分からなかったらしい。少し悩んだ末に服を全て脱がすことは諦《あきら》め、スカートの中へいきなり指を潜り込ませてきた。

「あっ、うそ…っ」

「ああ、綺麗な肌だ。手に吸い付いて気持ちいい。それにすごく柔らかいな」

そんな感想を呟きながら、大きな手がふくらはぎから太股《ふともも》に向かって滑っていく。

エマはびっくりして足をばたつかせていた。服を全て脱がさずに、そんなところを一足飛びに触られるとは思っていなかったのだ。

けれど、その動きはとてもゆっくりで、やけにじれったく感じる。

手のひらと手の甲を交互に使って肌の感触を確かめているからだった。

「ん…っ」

エマは肩を震わせ、切ない息を漏らす。

ふくらはぎに口づけたカイルは、突き出した舌を肌に滑らせながら徐々に上へ向かい、ドロワーズと内股《うちまた》の隙間から指を差し込み、エマの反応を窺っているようだった。

こんなに淫らな目をするカイルは初めてだ。

ドキドキしてどう反応していいか分からずにいると、彼は太股を弄《いじ》りながらエマの身体に伸《の》し掛かり、かぶりつくように唇を重ねてきた。

「エマ、こうして口を塞いでいようか。そうすれば誰にも聞こえないし、唇越しに互いの反応を知ることが出来るよ」

「ふ、…あ、んんっ!?」

返事をしようとしたが、すぐにそれどころではなくなった。

下着越しに彼の指で敏感な場所を擦られたからだ。

大きな反応をしたことで、カイルは目を輝かせてその場所ばかりを擦ってくる。塞がれた唇からくぐもった声が漏れ、初めての感覚にエマの頭の中は真っ白になっていた。

「んん、ふぁ、んーっ」

舌が差し出され、反射的に舌を絡め合う。

そのうちにドロワーズの紐が解《ほど》かれ、徐々にずり下げられていく。途中お尻のところで引っかかったので、スムーズに脱がせられるよう腰を持ち上げて無意識にエマも協力していた。

「ありがとう」

カイルは嬉しそうに笑い、顔中にキスを降らせてくる。

いつの間にかドロワーズは全て脱がされ、下肢が空気に晒されていた。

しかし、心許《もと》なく感じた矢先、直接エマの秘唇に彼の指が触れて、先ほどと同じような手つきで擦られた。

「ああっ！」

「もしかして濡れている？　私の指で感じてくれていた？」

「わ、わからな…、けど。それより…」

「それより？」

「口、塞いで…っ、声、でちゃうから」

「ああ、そうだった」

「ぁ、ん」

自分の手で塞ぐことが出来るのも忘れて、エマは必死でカイルにキスをねだっていた。

唇は塞がれたが、その直後に衝撃が走る。中心を擦っていた彼の指がエマの中へ潜り込んで、出たり入ったりをし始めたのだ。

「ふ、う…っ」

僅かな痛みに眉を寄せ、エマは逃げるように腰をくねらせる。

カイルの指はその動きを追いかけ、陰核を擦りながら執拗《しつよう》に中を擦り続けていた。

そうしているうちに徐々に湿った音が耳につき始め、指を二本に増やされると、その分だけ卑猥《ひわい》な音になっていく。羞恥心《しゅうちしん》が募り、エマは涙目で訴えた。

「ん、いや、変な音が…っ」

「変なものか。これはエマが私に感じている音だ」

「……っ」

「大丈夫、すぐに気にならなくなるよ」

「あっ、んん——ッ！」

キスの合間に訴えるが、動きを大きくされて水音が激しくなった。

カーッと顔が熱くなり、エマは彼の肩を叩く。

感じている音だなんて言われたら、その方が恥ずかしい。気にならなくなる方法があるなら、すぐに実行に移して欲しかった。

「や、いやっ、カイル…っ」

「そんなに泣くほど嫌なのか？」

「ん、ん」

何度も頷き、その間も止まらないカイルの指の動きに身悶えする。

残念そうにしながら彼は僅かに身を起こす。だが、剝《む》き出しになった胸に気を取られ、中途半端に脱がした腰の辺りまでを舐めるように見つめると、捲《めく》れたスカートから露わになった白い脚にも目を移して、ごく、と喉を鳴らした。

足首を掴まれてくるぶしに口づけられ、更にそんな場所を美味《おい》しそうに舐められ、エマは抗議の声を上げる。

「や、カイル。キスは、口にして…っ」

「ああ、うん。分かった。分かったから泣かないでくれ」

「ん、んん」

「エマ、少し聞いてくれるか？　先に進むのはいいが、エマのココ…、想像よりずっと狭いんだ。もっと色々しないと、その…、私のを受け入れるにはまだ早すぎる気がする。……痛いのは嫌だろう？」

「い、いいの。初めては痛いものだって言うでしょ。だから大丈夫よ」

「しかし」

「カイル、シて。お願い…っ」

「……ッ、……分かった」

懸命に訴えていると、困った顔をしながらもカイルは聞き入れてくれた。

いつもより優しい口調で話しかけてくれるから、子供のような駄々《だだ》を捏《こ》ねてしまう。それに、恥ずかしいよりも痛い方がましに思えたのだ。狭いと言われてもよく分からなかったし、一思いにして欲しいという気持ちが勝っていた。

「あ……っ」

体内を行き交っていた指が引き抜かれ、両脚を大きく広げられる。

そこでカイルは思い出したように自分の上衣を脱ぎだした。その下の服も適当な手つきで着崩し、シャツの前がはだけたままエマに伸し掛かる。

首筋を愛撫されて胸を揉みしだかれ、声が出てしまう寸前ですかさず塞がれた唇の隙間からエマはくぐもった声を漏らした。

「エマ、本当にいいんだな？」

「平気だから、早く来て」

「あまり煽らないで欲しいんだが……」

先を急かすとカイルは困ったように笑い、声が漏れないよう、またエマの口を塞いだ。

「……っ」

その直後、熱く猛ったものが中心に当たり、エマは驚愕《きょうがく》して目を見開く。

――え、これがカイルの……？

息を詰め、身を固くする。

想像より遥かに大きくて熱かった。

そんな気持ちを察したのか、カイルはすぐに身体を繋《つな》げようとはせずにエマの秘部を上下に擦るだけに留《とど》める。そのたびにくちゅくちゅといやらしい音が響き、羞恥ともどかしさに堪えられず、エマは顔を真っ赤にして身を捩《よじ》った。

「あぅ、ん、…、ん、ッ、――ッ！」

その動きに合わせてカイルの腰にぐっと力が入る。

エマの狭い入り口が大きく広げられ、強い圧迫に背を弓なりに反らせた。

口を塞いでくれなければ悲鳴を上げていたかもしれない。

中へ押し入られるごとに痛みとも苦しみともつかない感覚に襲われる。灼《や》けつく熱に、自然と涙がぽろぽろと零れていた。

「んぅ、っく、んー…ッ」

最初、彼はゆっくり腰を進めてきたが、途中で一気に体重をかけられる。

もうこれ以上は入らないと思うところまで突き入れられ、寸分の隙もないほど深い場所で繋がっていた。

「エマ、動いても平気か？」

「だ、…、大丈夫」

「本当に？」

「ん」

「……なるべく、ゆっくりするから」

そう囁くカイルの首にしがみつき、エマは大きく頷く。

本当は痛くて堪らない。すぐにでも終わりにして欲しい気持ちもある。けれど、最初から上手に出来ないのは分かっていたし、それよりも、こんなふうに彼を近くに感じられたことの方が嬉しい。

触れてくる手も優しくて、慈《いつく》しんでくれているのが伝わってくるようだ。痛いのもそう悪いことばかりではなかった。

「カイル、…好き」

「ああ、私もだ。エマを誰より愛している」

「んんっ」

深く落とした彼の腰が引かれ、その分だけまた突き入れられる。

カイルは苦しげに眉を寄せながら、息を整えては口づけを繰り返していた。律儀にも声が漏れないように続けてくれているのだろう。

中を行き交う熱は少しだけ勢いが増し、次第に痛みが麻痺していく。

無駄に入っていた力は徐々に抜けていき、それと同時に痛みとは違う感覚がじわりと広がる。お腹《なか》の奥が熱く切なくなっていったが、その正体をなかなか摑めないのがもどかしかった。

「――う」

「あっ、はあ…っ」

「…ッ、エマ、あまり締められると」

固く目を閉じ、カイルの呼吸はどんどん荒くなる。

言葉の意味が分からず首を傾げると、情けなさそうに笑った彼に頬を撫でられた。

何でもないと言いながら、その表情は苦悶に歪んでいる。強く抱き締められ、それと共に激しい律動へと切り替えられていった。

「あ…ッ、カ、カイル…っ」

「すまない。もう…、終わる、から…っ」

そう言うなり、彼は最奥《さいおう》を強く擦る。

小刻みにエマの身体を揺さぶり、顔中にキスをされた。

「あ、あ、あっ」

「エマ、エマ…ッ」

繋がった場所からは間断なく淫らな音が響いていたが、もうそれを気にするどころではなかった。

カイルの熱が全身に回り、激しい律動にますます翻弄《ほんろう》されていく。彼の額から流れた汗の粒がエマの身体に零れ落ち、それさえも熱く感じた。

「ああっ、ッ、あ、あッ」

カイルは欲情に濡れた眼差しでエマを見下ろしている。

顔が近づき、唇が重なると同時に舌が搦《から》め捕《と》られた。痛いほど抱き締められ、身体の奥に打ち込まれる熱の楔《くさび》が更に大きくなった。

「あっ、んーッ」

これ以上は受け入れられない。

そう思った次の瞬間、唇の隙間から低い呻《うめ》きが漏れ、カイルの肩がビクンと揺れた。

「──ッ」

彼は腕を震わせながらエマを掻き抱く。

結合が一層強まり、苦しくて腰を引こうとしたが、きつく抱いた腕が逃がさないとでも言わんばかりにエマの腰を引き寄せ、なおも深いところで繋がった。

そのうちに体内の一番奥の方で何かが弾けた気がしたが、打ち込まれる腰の動きは止まる気配を見せない。固い胸板がビクビクと震え、息が出来ないほど強く重なった唇の力が緩んでいく。徐々に律動が緩やかになり、やがてその動きも完全に止まった。

「あ…っ、はっ、あ…」

自然と唇が解放され、息を弾ませながらエマは彼を見上げる。

カイルは激しく息を荒らげて、目を逸らすことなくこちらを見つめていた。

それから少しして繋げた身体を離すと、彼は大きく息をつき、エマを抱き締めながらゆっくり横たわる。それで行為が終わったことを知ったエマも、彼の胸の中でようやく息をついた。

「……びっくりした」

「え？」

「こんなに気持ちいいと思わなかった」

互いの呼吸が整いだした頃、呆然とカイルが呟く。

「私、気持ちよかったの？」

カイルは苦笑しながら大きく頷いている。

何だか嬉しかった。そんなふうに思ってもらえたなら、繋がっていた場所が今もジンジンしていることなど、全然たいしたことではない気がした。

「エマ」

「なあに？」

抱き締め合っていると、カイルはエマの指にキスをする。

嵌められたままの指輪が、エマを見つめる彼の瞳と同じ輝きを放っていた。

「私の妻になったあかつきには、共有して欲しい秘密があるんだ」

「秘密？」

首を傾げると、カイルは意味深な眼差しで頷く。

そういう言い方をするということは、王家にまつわる秘密なのだろうか。

エマは唾を飲み込み、吸い込まれそうな彼の碧眼《へきがん》を見つめる。

緊張しているのだろうか。どことなく顔が強張っていた。

「待っているわ」

けれど、迷いなどあるはずもない。エマの気持ちは一つだった。

それほどの秘密があると打ち明けられたことも、それを共有することも、二人の未来があってこその話だからだ。

「ああ、本当に堪らない。本気で今すぐ君を連れ帰りたいよ」

目を潤ませてカイルはエマに笑いかける。

甘い口づけを繰り返し、何度も何度も愛を囁かれた。

間近で見るカイルの瞳は、この指輪のサファイアのように澄んで美しい。まっすぐな性格の彼そのものだと思った。

「――ところで、今日はエマの父上と母上を見ていないな」

しばらく抱き締め合っていると、ふと思い出したようにカイルが呟いた。

「お母様のお買い物に付き合って、二人で出かけているの。帰りはいつになるか分からないって言っていたわ」

「そうか。ならば挨拶《あいさつ》をしてから帰るとしよう」

「泊まっていかないの？」

「そうしたいのは山々だが、執務を放って来てしまった。誰にも言わずに王宮を飛び出してきたから、何食わぬ顔で戻らねば……」

「大変！　だったらすぐに帰らないと！」

「いや、しかし今日の夜にやる予定だったし」

「お父様とお母様には私が挨拶しておくわ！　ね、早く着替えましょう！」

「あ、ああ…」

エマは慌てて身を起こして、カイルのシャツのボタンを留めていく。

自分があられもない姿をしていることなどすっかり忘れて、ベッドの隅でくしゃくしゃになっている彼の上衣を取ろうと手を伸ばした。

「痛…ッ」

が、そこで下肢に鈍い痛みが走って、エマはぴたりと動きを止める。

「どうした？　身体が痛むのか!?」

すると、それまでエマの勢いに押されて大人しくされるがままになっていたカイルも異変に気づいたようだ。

心配そうに顔を覗き込まれ、エマは苦笑いを浮かべて首を横に振った。

「だ、大丈夫だから気にしないで」

初めてなのだから、これくらいは覚悟のうえだ。

思ったより痛みがあるが、入れられている時のことを思えば声を大にして訴えるほどではない。そう言い聞かせ、エマは平然を装ってカイルの上衣を手に取り、それを彼に着せていった。

カイルはそんなエマをじっと見ていたが、袖を通して自分でボタンを留めるとエマの額にそっとキスをしてきた。

「すまないな。今回はエマには辛い思いをさせてしまったようだ。次は私の身体が気持ちいいと思ってもらえるように頑張るから許してくれ」

「……っ」

「愛しているよ。エマ」

カイルは真っ赤になるエマの耳元で囁き、強く抱き締める。

背中を撫でられ、その優しい手つきは痛みを和らげてくれるようだった。

何だか今日は離れがたい。名残惜しそうに離れていく彼の腕にしがみつきたい衝動《しょうどう》に駆られてしまう。

そんな気持ちを押し込め、エマも自身の服を整えると彼と共に立ち上がる。見送りはしなくていいと言われたが、少しでも一緒にいたくて手を繋いで庭に向かった。

「アレックス、良い子にしていたか？」

カイルは庭に足を踏み入れるなり愛馬に向かって笑みを浮かべる。

待機させていたカイルの黒い馬は、主人が姿を見せると嬉しそうに尻尾《しっぽ》を揺らしていた。とても従順で賢い子だが、人見知りが激しいのが難点だ。カイル以外に触られるのがあまり好きではないようで、随分前から何度も顔を合わせているエマも、ここ数年でようやく普通に触らせてもらえるようになったほどだ。

「またすぐに来る。その前に手紙を書こう」

「私も書くわ」

「楽しみだ」

愛馬に跨《また》がり、軽く手を振って去っていく背中を、エマは笑顔で見送る。

彼は何度も振り返り、自分の薬指にキスをして笑っていた。エマの方も指に光る将来の誓いに唇を寄せ、同じだけの思いを返した。

「何だ、カイルは泊まっていかなかったのか」

庭先に立つエマの後ろに、いつの間にかオリバーが立っていた。

「あ…、ええ。挨拶をせずに帰るのを気に病んでいたわ」

何も知らない兄は暢気《のんき》な様子でぼりぼりと頭を掻いていたが、エマの方はやましい気持ちになって顔を見られない。

ふと前を向くと、日が沈んでも、なお光り輝く金髪が、もうどこにも見えなくなっていた。

――すぐに会えるはずなのに寂しい。

あまりに幸せな時を過ごしたから、離れるのがこんなにも辛い。

今日ほどその背中を追いかけていきたいと思ったことはなかった。

❀　❀　❀

それからしばらくの間、エマは上の空で過ごしていた。

ふとした時にカイルと過ごした初めてのことが頭を過《よぎ》ってしまい、自分ではどうしようもなかったのだ。

両親やオリバーにはカイルから指輪をもらったことを話したので、そんなエマを苦笑しながらも温かく見守ってくれたが、自然と顔が綻んでしまうのを抑えきれない。頭の中はカイルのことでいっぱいだった。

しかし、カイルが最後にフローレンス邸に来て一か月が経とうとする頃になると、妙な違和感を覚えるようになっていく。

どういうわけか、彼からの連絡がぷっつりと途絶えてしまったのだ。最低でも月に一度はフローレンス家を訪れていたが、その気配さえない。書くと言った手紙は一通も来ず、エマが出した手紙にも一切の反応がなかった。

いくら何でもおかしい。カイルの身に何か起こったのだろうか。

王宮警護を中心にしているオリバーなら、何か知っているかもしれない。

そう思って問いかけたくても、なかなかその機会は訪れなかった。自身が隊長を務める近衛隊を取り巻く環境に変化があったようで、オリバーはそのごたつきに追われてしまい、家に帰れない日々が続いていたからだ。

「エマ様、庭にオリバー様の馬が」

「えっ、本当!?」

兄の帰りを待っていることを知る侍女に声をかけられ、エマは部屋を飛び出す。

そのまま庭まで走り抜け、オリバーの姿を捜した。

「そんなに息を切らせて、どうしたんだ？」

うろうろしていると後ろから声をかけられる。

振り返ると隊服姿のオリバーが厩舎《きゅうしゃ》から出てくるところだった。

「お帰りなさい！　お兄様が帰ってきたと聞いて」

「ああ、少しばたついていてな。元気そうで安心した」

「……お兄様は少し痩《や》せたみたい」

「そうか？」

久々に見たオリバーは、やけに疲れているように見えた。

何があったのだろう。環境が変わったとは聞いたが、そんなに大変なのだろうか。

聞きたい気持ちはあったが、恐らく兄はそれを話さない。

隊の中で起きていることを易々と漏らす人ではないからだ。父も元軍人で既に退役しているが、外でのことを家に持ち込まないのは同じで、二人とも似たような性格をしていた。

「あの、お兄様。疲れているとは思うのだけど、変なことを聞いてもいい？」

「どうした？」

「カイルは元気にしている？」

「……っ」

名前を出した途端、オリバーは顔色を変えた。

やはり何かがあったのだ。エマはそれに感づき、オリバーに詰め寄った。

「そんなに容態が悪いの？　連絡が出来ないほど？」

「な、何だ。何のことを言っているんだ？」

「何って、病気なんでしょう？　ずっとカイルと連絡が取れないの」

「ああ…、そういうこと、か」

オリバーは曖昧《あいまい》に頷き、さっと身を翻《ひるがえ》して屋敷に向かう。

その後を追いかけ、エマは兄の言葉を待った。

「何を勘違いしているか知らないが、カイルが病を患《わずら》ったなどという話は聞いていないぞ」

「本当？」

「ああ」

オリバーは大股で前を歩き、振り向きもしないで頷く。

エマは妙な不安を覚えながら、手紙を出してもカイルから返事が来ないことを改めて伝えたが、結局何も知らないという一点張りで、何故か目も合わせてくれなかった。

「悪いが荷物を取りに戻っただけで、すぐに出なければならないんだ」

「そんな、帰ってきたばかりなのに」

オリバーは屋敷の中を忙《せわ》しなく動き回り、一時も同じ場所でじっとしていない。

侍女たちに自分の服を何着か用意させ、それを受け取るとすぐに出ていこうとしていた。

忙しいのは分かったが、これではぐらかされているみたいだ。本当にカイルに何かがあったと邪推《じゃすい》したくなってしまう。

「行ってくる」

「お兄様！」

正門まで追いかけたがオリバーは何も答えてくれず、最後まで振り向くこともしなかった。

「何だというの……」

遠ざかる兄の背中にエマは呆然と立ち尽くす。

振り返ると侍女たちが何ともいえない顔をしていて、エマからふいと目を逸らした。声をかけようとしたが、背を向けられてしまい何となく言葉を呑み込んでしまった。

胸の中で嫌な気持ちが膨らんでいく。

一体何が起こっているというのだろう。どうして侍女からも目を逸らされたのか、その時は全く理解出来なかった。

——しかし、それから間もなくのこと。

庭先で使用人が休憩中に交わしている会話を耳にしたことで、エマは周囲の人間が自分を避け始めている理由をそれとなく知ることとなる。

「王宮内の噂、聞いたか？」

「そりゃあ黙っていても耳に入ってくるからなぁ」

「本当なんだろうか。カイル様の暴力が原因で、身の回りの世話をする者がもう何人も辞めさせられたと聞いた。我々にも気さくに話しかけてくださる良い方だと思っていたのに、少し見ないうちに何があったんだろうか」

「俺の方は手当たり次第に女官に手を出しているなんて話も聞いた。執務は全て宰相様に押し付けて、一日中自室に籠もって女たちと遊んでばかりだとか」

「それは流石に何かの間違いだろう。あれほどエマ様一筋だった方だぞ」

「だよなぁ……」

それは噂話にしてもあまりに酷《ひど》い内容だった。

黙っていられず、気づくとエマは彼らの前に飛び出していた。

「あ、あの！　ちょっといい？　今の話を少し詳しく聞かせてもらいたいのだけど」

「わぁっ、エマ様!?　も、申し訳ありません！」

「違うの。責めるとかではないのよ。立ち聞きするつもりはなかったのだけど、耳に入ってしまったからつい……。ただ、どこからそんな話が出ているのかと思って」

「あぁ、いや。それがその」

使用人たちは顔を見合わせ、もごもごと口ごもっている。

それでも彼らの答えを待っていると、「弱ったなあ」と頭を掻いて、言いづらそうにしながらも教えてくれた。

「最近都中に広まり出した醜聞《しゅうぶん》なんです。そういう場面を目撃したわけでなくとも、皆そういった話には飛びつくもので……。ですが、我々はカイル様を少しは知っていますから、話半分で聞いているだけです。それでも、近頃この家に姿を見せないというのもあって、気にはなるというか……」

「そう、だったの…。あなたたちにも色々心配をかけてしまったのね」

「いいえ。滅相もない」

「休憩していたのに邪魔をしてごめんなさい。ゆっくり休んでね」

激しく鼓動が響く胸を押さえ、エマは屋敷に戻っていった。

ますます何が起こっているのか分からない。

自室まで戻ったところで、エマはぐるぐると考えを巡らせる。彼らも言っていたように、カイルがこの家に姿を見せなくなってから噂が流れ始めたというのが、やけに引っかかる部分ではあった。

もしかして、お兄様の様子がおかしかったのはこの噂のせい？

しかし、その考えはすぐに打ち消した。オリバーは直接カイルと会える身なのだから、噂を鵜呑《うの》みにすることなどあり得ない。

だとしたら何が原因だというのだろう。

カイルに直接確かめればいいだけのことなのに、その彼と連絡がつかないから妙な不安ばかりが胸に広がってしまう。

こんな考えに囚われる自分は嫌いだ。

だって、今までカイルを疑ったことなど一度もなかった。その必要がないほど愛されているという実感を与えてくれていたからだ。

――だったら私はどうなの？　カイルの何を好きになったの？　彼を信じようとする気持ちはどこからやってくるもの？

出会って十二年も経つのに、初めての自問だった。

そんなこと、まともに考えたこともないが、好きだと言ってくれるから好きになったわけではないのだと、それだけははっきりと言える。

彼はエマの両親も兄のオリバーも、家族丸ごと大切にしてくれた。この家の使用人たちとも仲良くしてくれて、自分の権力を誇示したことは一度もなかった。やろうと思えば強引にでもエマを好きに出来る立場なのに、カイルは一人の人間として、いつだってまっすぐ向き合おうとしてくれていた。

そんな彼だからこそ傍にいたいと思ったのだ。フローレンス家を大切にするように、この国を慈しんでいくに違いない。未来を語る彼の眼差しは本物だった。エマを愛おしむ指先はどこまでも温かかった。少しずつ、本当に少しずつ彼のことを知って、大好きになっていったのだ。

「こんなこと、今さらすぎるわ。疑う余地なんて今の私には少しもないもの……ッ！」

火のないところに煙は立たないとはいうが、降って湧いたこんな話を、とても信じる気にはなれなかった。

それなのに、どんどん一人で取り残されていく気分になるのはどうしてだろう？

きっと、誰からも本当の答えをもらえないからだ。

兄だけでなく、父も母もカイルのことになると今は口を閉ざすからだ。気まずそうにエマから目を逸らすからだ。

だから混乱する。得体の知れない不安に駆られてしまう。

何より辛かったのは、誰もが皆、ふとした時に同情の眼差しをエマに向けていたことだった――。

❀　❀　❀

皆が寝静まったある深夜のことだった。

なかなか寝付けない日々が続く中、その夜もベッドに入って既に三時間は経過していたが一向に眠気が訪れず、エマは空気に当たって気分を変えようと思い、ベッドから抜け出していた。

ところが、深夜にもかかわらず、廊下に出た途端どこからか声が聞こえてくる。

気のせいかとも思ったが、階下に降りると少し大きく聞こえた。静まり返っていたからこそ気づいたのだろうが、こんな夜更《よふ》けに誰だろうと不思議に思った。

声を頼りに近づいていくと広間から微《かす》かに灯りが漏れていることに気がつく。どうやらそこが声の出所のようだった。

「――大変だったようだな」

「どんな状況なの？」

エマは息をひそめ、広間の前で身を固くした。

父と母の深刻そうな声。二人は誰かに話しかけているようだった。

「近衛隊の弱体化は避けられません。人数は半減、資金はそれ以上に減らされて著しく士気が低下……。おまけに残った者の、更に半数以上が入れ替えられてしまい、武具を扱ったことのない者が大半を占めているうえに、ならず者のような連中までいる有様で」

答えた声はオリバーのものだった。

いつ帰ったのだろう。声だけでとても疲れている様子が伝わってくる。

「近衛隊は、王宮だけでなく王都の治安維持の要だ。それを弱体化させるなど、どういうつもりで……。陛下がお許しになるとはとても思えない」

「少なくとも、カイルは我々を援護する気がないようです」

「なんだって？　殿下はおまえを近衛隊に引き入れた張本人だろう？　おまえのような者が必要だと周囲の反対を押し切って。強引に隊長に抜擢《ばってき》したのも殿下だったはずだ」

「それはそうですが……」

オリバーは低い声で答えたきり、黙り込んでいる。

それらの会話を耳にしながら、エマは手にじわりと汗をかいていくのを感じた。

何が起こっているのだろう。知らないうちに、恐ろしいことがこの国に起こっているような気がした。

「いずれ公になるでしょうが、王宮はそれ以上に大変なことになっているんです。陛下が病にお倒れになって」

「陛下が!?」

「悪いことは重なるのかもしれません。カイルが落馬して頭を打ってから、ようやく回復した矢先に陛下までそんなことになってしまい、気の休まる時がありません」

大きく息をつくオリバーの言葉に、エマはごくりと唾を飲み込んだ。

カイルが落馬して頭を打ったなんて初耳だった。

しかも、王が病に倒れた？

次々飛び出す国の一大事に気が遠くなりそうだった。

「それで陛下の容態は…」

「分かりません。会わせてもらえないんです。カイルもあんな状態で、まともな会話にもなりませんし」

「あんな状態というのは、やはり……」

「ええ。お二人も様々な場所でカイルの噂は耳にしているでしょう」

「それは」

「あれはもはや別人としか言い様がありません。頭を打ったかどうか知りませんが、カイルにはすっかり失望しました」

「オリバー、そんな言い方をするものではない」

憤った様子のオリバーを父と母が窘める。

しかしそのやりとりには、半ば同調した雰囲気が漂っているように思え、エマは深く呼吸を繰り返し、速まる鼓動を抑えようと胸に手を当てた。

「もし陛下がお倒れになった話が広まれば、今は均衡を保っている他国とのバランスが崩れることもあるかもしれません。一見友好関係が保たれているようでも、弱みにつけ込もうとする輩《やから》はどんな時にもいるものです。……なのに、カイルときたら一日中酒をあおり女どもを侍らせ、部屋からほとんど出てこない。陛下の代わりに毅然《きぜん》と執政を行うべきところを、宰相のアイザック様に丸投げしているという体たらく。その最たるものが近衛隊の大規模な縮小です。白状しますが、この件についてはカイルが許可を出したのです」

「何だって!?」

「あまりの酷さに我慢ならず、エマのことはどうするつもりなのか、そのことも含めて問いただそうと部屋に乗り込みました」

「そ、それで、どうなったんだ？」

「殴られましたよ」

「な…」

「誰に向かって口を利《き》いている。この国がどうなろうと知ったことではない。そんな女は知らないと言って追い返されました」

　オリバーは憤りを込めて溜息をつく。

　そこまで聞いてエマはその場にへたり込み、ガクガクと身体を震わせた。

「……嘘よ」

　お兄様は何を言っているのだろう。

　冗談にしても質《たち》が悪すぎる。

　そうは思ったが、エマはじっとしていられず、すぐさま家を出て厩舎に向かった。

　小さな頃からオリバーやカイルと共に時々馬に乗っていたので多少は操れる。連れ出したのはオリバーの愛馬だった。戸惑う様子が伝わってきたが、エマの言うことでも素直に聞いてくれる優しい性格だ。きっと大丈夫だろうと思った。

「お願い。王宮まで連れていってね」

　声をかけて跨がり、手綱《たづな》を握り締める。

走り出す馬の背で前だけを見据え、『確かめなければ』という考えだけで、エマは迷わず王宮に向かった。

❀　❀　❀

「どこの誰とも知れない者を通せるわけがないだろう？」

王宮の門前で、呆れた様子の男の声が響いていた。

家を飛び出して、もうどれくらい経ったろう。

エマはここに着くや否《いな》や、「カイルに会わせて欲しい」と門番に頼んだが、彼らがエマを中に入れてくれることはなかった。幾度となく同じ問答が繰り返され、まさに出端《でばな》を挫かれる状況に陥っていた。

「ですから、私はフローレンス家の」

「はいはい。で、それを証明するものは？　こんな夜中に訪ねてくるんだ。余程の訳があるんだろう。ならば、それなりの者がしたためた書状があるんだろう？」

「それは…」

「あのなぁ、ここは王宮だぞ!?　こっちも遊びじゃないんだ。誰でも易々と通せるわけがないと言っているんだ」

強い口調で言われてハッとする。

そうだ。ここは王宮なのに、どうして簡単に中に入れると思ってしまったのだろう。

門番たちにしてみれば、どこの誰とも知れない女が夜更けに突然やってきたようにしか思えないだろうし、すんなり通してくれるわけがない。エマが最後に王宮に来たのは今から二、三年も前のことで顔見知りもいないのだ。今だって勢いだけで来てしまったので、自身を証明するものなど当然何一つ持っていなかった。

――私、何をやっているんだろう……。

ようやく頭が冷えてきて、自分の失態に青ざめる。

このままでは家に迷惑がかかってしまうと焦ったが、この状態で引き返すには、どんな言い訳をしたらいいのか分からず、頭が真っ白になってしまった。

「あまり聞き分けがないようなら遠慮なく拘束するが」

「……っ」

訝《いぶか》しげな眼差しを向けられ、自分がどれほど不審人物に見えているのか思い知る。

逃げても追いかけられるだろうし、謝罪して許されるものだろうか。今さらながら短絡的に行動してしまったことを後悔した。

「――エマッ!!」

と、耳に馴染んだ声に呼ばれ、ドキッとした。

振り向くと、父の愛馬に跨がったオリバーが、猛烈《もうれつ》な勢いで近づいてくるところだった。

「お、お兄様…ッ」

驚くエマの傍に馬を止め、地面に飛び降りるなりオリバーは手を振り上げる。

パン、と頬を叩く音が、怒声と共に辺りに響いた。

「自分が何をしているのか分かっているのか!?」

「……ッ」

目の前がチカチカして、エマはふらりとよろめく。

すかさず抱きとめられ、「とんでもないじゃじゃ馬だ」と憤る声が頭のすぐ上から聞こえた。

「すまない。俺の妹が迷惑をかけた」

「は、オリバー隊長！　そ、そうでしたか。では本物の…」

「いや、おまえの行動は正しい。ここを通さずにいてくれて助かった」

「ですが」

「見てのとおり、妹は今少し混乱している。よく言って聞かせるから、今日のことは見逃して欲しい」

「はい、それはもちろん」

「ありがとう。心から感謝する」

笑みを浮かべてオリバーはその場を離れる。

門番はオリバーの部下なのだろうか。敬礼する姿をぼんやり見ていると、肩を抱かれてエマが乗ってきた馬へと促される。黙ってそれに従い、背後に跨がる兄の温もりを感じてエマは唇を震わせた。

「ついでと言っては何だが、俺が乗ってきた馬は王宮の厩舎で預かってもらえるとありがたい。明日には必ず引き取りに行く」

「了解しました」

「すまない。今度おごるよ」

「そんなのいいですよ。隊長、夜道は危険ですからお気をつけて！」

二人のやりとりを聞きながらエマは無言で俯《うつむ》く。

意地悪な人ではない。彼は常識的な対応をしただけだ。

馬が走り出し、徐々に感情がこみ上げてくる。何て恥ずかしいことをしたのだろう。迷惑をかけてしまったと嗚咽《おえつ》を漏らして「ごめんなさい」と呟いた。

すると、オリバーはエマの頭をぐしゃぐしゃと撫で、小さく息をついて笑った。

「何となく想像はつく。さっきの俺たちの話を聞いてしまったんだろう？　どこからだ？

ほとんど聞いたのか？」

「う、ぅ…っ」

「馬鹿だな。それで確かめに来たのか……」

「……っ」

「黙っていたことは謝ろう。……だが、俺は何一つ嘘をついていない。今は失望を通り越して、あいつには関わりたくないと思うほどだ。おまえにも二度と会わせたくない」

オリバーの声は微かに震えていた。

伝わってくるのは哀しみと大きな怒り……。兄には兄のカイルに対する感情があり、こみ上げるものを必死で抑えているようだった。

「――ッ、っふ、う…っ」

もう何も聞けず、エマは声を押し殺して泣いた。

ごつん、と後頭部にオリバーの額が押し付けられ、「叩いて悪かったな。すまない」と小さな声で謝罪されて余計に涙が溢れてくる。

オリバーはカイルに殴られたと言っていた。

他にも色々と思うところがあるようなことを言っていた。

実際にその目で見たオリバーが言うのだから、あの噂の数々もほとんどが本当のことなのかもしれない。

――だけどお兄様。私は何も見ていないのよ。

エマは涙を零しながら張り裂けそうな胸の内で叫んだ。

自分の知るカイルはオリバーとチェスをして自信満々に笑う姿のままだ。愛していると優しく囁いて未来を語ってくれた彼しか知らない。今のカイルは違うと言われても、すんなりと頷けるわけがなかった。

一目会うことさえ叶わないのに、どうやってこの気持ちに折り合いをつければいいの？

そう思うエマの気持ちが分かっていたから、オリバーはそれ以上何も言わなかったのだろうか。その後は二人とも一言も喋らず、蹄《ひづめ》の音に混じったエマの嗚咽が夜道に切なく響くだけだった――。

# 第二章

周囲から向けられる同情の眼差し。

人の目に触れる場所に姿を見せれば、それだけで腫れ物に触るような扱いを受けた。

カイルにまつわる悪い噂は相変わらずだ。

酒に溺《おぼ》れては暴れ回り、日々繰り返されている女たちとの淫《みだ》らな遊び――。

それらを耳にすることが堪えられず、次第にエマは部屋で塞ぎ込むようになっていったが、両親もオリバーもそれを咎《とが》めることはしなかった。

色褪《いろあ》せた日々はエマの目の前を無情に通り過ぎ、カイルと会えなくなってから、実に一年という月日が流れていた。


――コン、コン。

窓辺に座って外を眺めていたエマはノックの音で振り向き、扉が開く様子を目で追いかける。部屋に入ってきたのはオリバーだった。

「エマ、少し外を散歩しないか？」

「……」

「おいで」

返事を待たずに手を取られ、エマは部屋から連れ出される。

引っ張る手は力強く、少し痛いほどだった。

「たまには陽《ひ》に当たった方がいい。ほら、温かくて気持ちいいだろう？」

「そうね」

エマは久しぶりに直接肌で感じた陽の光に目を細めた。

どこまで行くのかと思ったが、連れ出されたのは屋敷の庭だった。

けれど、最近は窓越しに外を眺めているだけだったので、吹き抜ける風さえも新鮮に感じる。ふとオリバーに繋がれた自分の手を見て、以前よりずっと白くなっていることに気がついた。

「エマ、おまえはまだカイルのことを……」

「え？」

エマは言葉の途中で口ごもるオリバーの横顔を見上げる。

兄がカイルの名を口にするのは久しぶりな気がした。どんな心境の変化だろうと疑問に思っていると、オリバーは握った手に力を込めてエマに向き直った。

「実は先日、カイルが近々王位に就《つ》くという話を聞いた。それに伴い、結婚の話が動き出すかもしれないそうだ」

「……」

「分かるか？　エマ、おまえとの結婚の話だ」

「……え？」

突然のことにエマは何も反応が出来ない。

険しい顔をするオリバーを見ても、すぐにはその意味が理解出来なかった。

しばし思考を巡らせ、少しずつ頭を整理していく。

カイルが王位に就くことについては納得出来る。王は一年ほど前から病に倒れ、今では起き上がることも出来ないほどだと聞いていたからだ。

だとしても……。

「私との結婚？」

ようやくそこに思考が追いつき、エマは呆然とする。

オリバーは頷き、硬い表情で懐から一通の白い封書を取り出した。

「これは陛下から送られてきたものだ。エマと俺宛《あ》てになっていて、王宮に来て欲しいと書かれてあった。晩餐会《ばんさんかい》への招待状だ」

「……晩餐会？　どうしてお兄様と二人で？」

「分からない。エマに付き添いをつけた方が心強いだろうという、陛下のお心遣い…、かもしれない」

「この手紙にはカイルとのことも書いてあるの？」

「いや、これには晩餐会への招待以外の意味はない」

「じゃあ、結婚のことは誰が言っていたの？」

オリバーの話がよく見えない。

問いかけるとオリバーは僅かに目を伏せ、どこか迷う様子を見せながら答えた。

「陛下の側近だ。おまえたち二人の話を進めようとしているのは、病床に臥されている陛下ご自身のようだ」

「え…」

エマはまたしてもぽかんとしてしまう。

次々と驚くようなことを言うから、なかなか話に追いつけない。

オリバーに握られたままの手にじわりと汗を掻き始めていることに気づき、それを知られたくなくて振りほどく。同時に激しく鳴りだした心臓の音に息が苦しくなり、その手を胸に押し当てた。

――一体どういうこと？

エマは自分が未だカイルの婚約者と認識されていることに驚いていた。その話はとうに白紙になっていたのではと、そんなふうに思っていたのだ。

「そろそろ戻ろう」

もう一度手を摑まれかけたが、エマは半歩後ろに下がって首を横に振る。

オリバーはエマの動揺を察したようで、無理に戻ることを促したりはしなかった。

「暗くなる前には戻るんだぞ」

それだけ言って、オリバーは身を翻す。

遠ざかる背中が、最後に別れた時のカイルのものと何故か重なった。

「……お兄様。カイルは元気にしている？」

どうしてそんなことを聞いたのか、自分でも分からない。

小さく問いかけるとオリバーは立ち止まり、自身の髪をぐしゃっと掻き上げた。

「ああ、とても元気だよ。……噂どおりだ」

どんな顔をしているのだろう。

振り向いてくれないからよく分からない。

屋敷に戻っていくオリバーの背中を見つめながら、エマは唇を震わせて力なく項垂《うなだ》れる。

左の薬指に嵌められたままのサファイアの指輪が、この一年で痩せたエマの指から零れ落ちてしまいそうだった。

❀　❀　❀

——国王エドガルドから、オリバーとエマに宛てられた晩餐会への招待状。

それには開催日時と『久しぶりに君たち兄妹に会えるのを楽しみにしている』という王直筆のメッセージが添えられていただけで、オリバーの言うように他の意図を読み取ることは出来なかった。

エドガルドの側近がオリバーに話したという内容は、エマの中ではまだ現実味がない。

そもそもカイル自身が承知している話なのかさえ疑問だ。ただでさえ反対する者が多い中、たとえエドガルドの援護があったとしても、カイルの気持ちがどこに向いているのか分からないまま推し進めてもうまくいくとは思えなかった。

また、エマの両親も複雑な心情を覗かせていた。十年以上も娘を婚約者として縛り続けた挙げ句に、この一年は何の連絡もなく放置された状態だったのだ。そのうえ、まだ娘が翻弄されようとしていることに、二人とも言葉にせずとも静かな怒りを抱いていたようだった。

それでも王からの招待状を無視するわけにはいかない。

父と母はカイルへのこの一年の想いはひとまず胸に仕舞い、陛下に失礼のないようにとだけ言ってエマたちを送り出した。

「エマ、俺が傍についている。何も心配するな」

「……ありがとう、お兄様」

揺れる馬車の中でオリバーに励まされ、エマは小さく頷く。

小窓から外を覗くと、流れる景色が王宮に近づいていることを知らせていた。

王宮ではカイルにも会うことになるだろう。

しかし、それこそがエマの目的だった。

もうどこにも進めない日々にはうんざりなのだ。まっすぐに愛してくれた彼しか知らないけれど、真実から目を背けることだけはしたくない。カイル本人に会えば、その答えが出るように思えた。

エマは前を見据え、彼にもらった指輪に触れながら唇を固く引き結ぶ。

結局、時は彼を忘れさせてくれなかった。

ならばせめて、この目で確かめるまではカイルを好きな自分でいよう。

たとえ、その後に傷つくことがあったとしても構わない。

それが今のエマが精一杯考えて出した答えだった。

❀　❀　❀

「どうして今さら？　婚約なんて、ままごとみたいなものだったんだろう？　今は全く相手にされていないというじゃないか」

「ほら、フローレンス家の…。陛下がご招待されたとか」

王宮に到着してからというもの、方々から不躾《ぶしつけ》な視線がエマに注がれていた。

ホールに案内されて指定の席に座っても、彼らはわざと本人に聞こえる大きさの声で囁く。料理が運ばれ、場を盛り上げるための演目として用意されたオーケストラの演奏が始まっても囁きが止《や》むことはなかった。

「あの娘は誰？」

「隣の男は？」

「三つ上の兄だろう。近衛隊の隊長をしていると聞いた」

「彼も面《つら》の皮が厚いことで有名みたいじゃないか。カイル殿下があの娘に執心していた頃に隊長の地位をねだったそうだ。まぁ、それくらいしなくては得られる地位ではないからな。自分より家柄のいい貴族の子息を部下として従えようなど、身の程知らずもいいところだ。……とはいえ、最近は近衛隊も落ちぶれて酷いものらしい。農民の息子が隊服を着て都を巡回しているとか」

好奇の目はオリバーにまで向けられ、そこかしこで謂《いわ》れのない噂を立てられていた。

表情を変えないオリバーは堂々としたものだ。だが、エマはその隣で終始俯いて悔しさに唇を噛み締めていた。

兄は地位をねだるような卑怯な人間ではない。寧《むし》ろ請《こ》われてこの地位にいる。

農民の息子が近衛隊の一員として都を巡回しているのは本当だ。しかし、そういう状況に陥っていることの危機感が貴族の間にまるでないことが腹立たしかった。

エマだって両親との会話を耳にして以来、近衛隊がどうなったのかは聞いていない。

だが、都の警備の数が半減して、徐々に治安が悪化していると聞く。

それに、王が病に臥せっているということが半年ほど前に公にされ、カイルの悪評も広まっている事実は、内政が不安定になっていると取られかねない状況だ。周辺国が、この機に乗じてよくない動きを起こす可能性もあるだろう。

なのに、ここにいる人々は、自分たちだけは無関係と思っている。

華美な服を纏《まと》い、見た目だけは皆麗《うるわ》しかったが、頭の中はからっぽだ。いくら平穏な日々が長く続いていたからといって、これほど視野の狭い人々がこの国の権力を握っていることに失望を禁じ得なかった。

ここは何て息苦しい場所なのだろう。

幼い頃はカイルに誘われて何度も王宮を訪れたが、少なくとも今よりは穏やかな空気が流れていたように思える。

エマは小さく息をつき、ここに来た目的を思い出す。

――そう言えば、陛下のお姿がないわ。それにカイルも……。

さりげなく周囲を見たが、二人の姿は見当たらない。

少しでも会えればいいが、その機会は本当にあるのだろうか。もし晩餐会に出席するだけで終われば、さらし者になるためだけに来たようなものだ。

流石にそれはないと思いたい。

向けられる悪意から少しでも気を逸らそうと、エマはホール内に響く華やかな演奏に耳を傾けていることにした。

「これはこれは、エマ殿！」

唐突に背後から男に呼ばれ、エマは何の気なしに振り向く。

白髪交じりの恰幅《かっぷく》のいい男が、美しいドレスを身に纏った娘たちを引き連れて、こちらに近づいてくるところだった。

妙に迫力のある灰色の瞳。立派な髭《ひげ》をたくわえ、笑うと刻まれた皺が一層深くなる。エマもオリバーもその男を見るなり慌てて立ち上がった。

「アイザック様、ご無沙汰《ぶさた》しております」

「いやいやこちらこそ。以前お会いしたのは確か、三年…、いや四年前でしたかな。それにしても驚いた。少し見ぬうちに女性は変わるものですなあ」

アイザックは大袈裟《おおげさ》な素振りで何度も頷いている。

彼は宰相で、王宮内でもかなりの発言力を持つ男だ。自ら声をかけてくるからには何か意図があるのだろうか。腹黒いことで有名な彼が世間話だけをしに来たとは思えず、無意識に身構えてしまう。アイザックの周りに立つ娘たちも、ホール内で散々目にしてきたのと同じ好奇の眼差しをエマに向けていた。

「何だ。オリバー、おまえまでそんな恰好をして。今日は招待客の方なのか？」

「はい」

「ふん、馬子《まご》にも衣装だな。いつもと違うから分からなかったぞ。いっそのこと隊服で来ればよかったのではないか？」

アイザックはオリバーを見るなり、貶《おとし》めるようなことを言う。

エマに対しては一応カイルの婚約者として蔑《ないがし》ろに出来ないと思っているのだろうが、兄に対しては随分と横柄《おうへい》だ。会話の雰囲気から二人が顔を合わせるのは珍しくなさそうだが、日頃からこういう接し方をしていることは容易に想像出来た。

「ん？　二人ともほとんど食事に手をつけていないではないか。エマ殿、お口に合いませんか？」

「いえ、そういうわけでは」

「仕方ありませんわ。このようなお料理に舌が慣れていらっしゃらないのでしょうから」

「これこれ。あまりきついことを言っては可哀想だろう」

娘の一人が言うと、周囲がどっと笑いに包まれる。

アイザックは一応窘めてはいたが、自身も一緒に笑っていた。もちろん、そこまで馬鹿にされるほどフローレンス家は落ちぶれてなどいない。彼らは見下す相手が欲しいだけなのだ。

「ああ、紹介しましょう。こちらはエリントン家、ヘンリー家、そしてマイヤー家のご令嬢です。あとでカイル殿下に紹介しようと思っていたところなのですよ。皆美しく聡明でユーモアのセンスもある。何より家柄が素晴らしい。将来が楽しみでなりません」

「……」

「では我々はこれで。慌ただしくて申し訳ありませんが、他にも挨拶をして回らないといけませんので」

言いたいことだけ言うと、アイザックはにっこりと笑みを浮かべて悠然とした足取りで去っていく。

彼の後を追いかけながらも、娘たちはエマたちを振り返っては、くすくすと笑っていた。

その分かりやすい嫌みたっぷりな姿に、怒りさえ湧いてこない。

考えてみると、王がカイルとエマの結婚話を進めようとしているという噂が、アイザックの耳に入っていないわけがないのだ。彼は二人の仲を一番に反対していた男でもあるから、王に招待されてのこのこやってきたことを本心では鬱陶《うっとう》しく思っているのかもしれない。だから回りくどいやり方で自身の意志を示し、釘を刺しに来たのだろう。

「エマ、適当に聞き流しておけ。どうせたいしたことは言っていないんだ」

アイザックが立ち去った後、エマが無言で席に座ると、オリバーにぽんと肩を叩かれた。

見ればオリバーは全く意に介していないといった様子で涼しい顔をしている。

慣れているということだろうか。それも何だか哀しく思えたが、確かに一理ある。気を取り直し、オリバーに倣《なら》ってエマも前を向くことにした。

そのうちに、そこかしこで聞こえていた嫌みの数々も違う話題に移っていく。

飽きてしまえばそんなものだ。場の雰囲気にも少しだけ慣れてきて、エマもオリバーもようやく食事に手をつけ始めた。

「何だ？　やけに騒がしいな」

ところが、それから少しして、オリバーが不意にそんなことを呟いた。

言われてみれば、ホールの外が騒がしい。耳をそばだてると、徐々にざわめきが大きくなり、それと共に皆の視線がホールへの出入り口に注がれた。

違う催しが始まるのかと思い、エマたちも同じように目を向ける。

しかし、そこに颯爽《さっそう》と現れた一人の男の姿に、二人の顔色は一瞬で変わった。

「――ッ!?」

エマは息を呑み、オリバーは無言で席を立つ。

その男はすぐにホールへ足を踏み入れることはせず、周囲の貴族たちと一言二言会話を交わしながら視線を彷徨《さまよ》わせていた。

そこへアイザックがすかさず近づいていく。

周りにいた娘たちを紹介しようとしているらしい。

だが、その男はエマと目が合った途端ピタリと動きを止め、再び周囲の貴族たちに顔を向ける。そして何かを確認する素振りを見せると、話しかけるアイザックにヒラヒラと手を払って後にしろという仕草を見せた。

現れたのはカイルだった。

見た目は一年前とさほど変わらない。人より頭一つ飛び出た長身。遠目でも一際目立つ艶《つや》やかな金髪が一足ごとに揺れている。

落馬して頭を打ったと聞いた。

エマのことを、そんな女は知らないと答えたという話も聞いた。

しかし、こちらを見て彼が微かに笑ったように見えたのは気のせいだろうか。

彼が自分の方へ向かってきていると思うだけで胸が締め付けられ、エマの目からは涙が溢れそうだった。

「……エマ?」

カイルはエマの前まで来ると、僅かに首を傾げて立ち止まる。

椅子から立ち上がろうとするが足に力が入らない。オリバーの支えを得て何とか立ち上がれたが、涙で霞んで彼がよく見えなかった。

忘れられたというのは、間違いなのではないだろうか?

名を呼ばれたことで微かな希望を抱き、エマの中に言葉にならない感情がこみ上げていた。

「どうして泣いている?」

不思議そうに問いかけられ、エマは慌てて涙を拭《ぬぐ》う。

落ち着かなければと胸に手を当て、その拍子《ひょうし》にカイルからもらった指輪が目に入る。

力を与えられた気持ちになって、エマの口からやっと言葉が出てきた。

「この指輪、覚えている?」

「指輪?」

カイルはエマの指に嵌められたサファイアの指輪をじっと見ている。

だが、指輪を見せても彼の表情はまるで変わらない。覚えているとも覚えていないとも答えなかった。

やけに鈍い反応。しかも彼の意識は徐々に散漫《さんまん》になっているようで、しきりにホール内を見渡して別の何かに気を取られている。目の前のエマに対しての関心が、見る間に薄れていく様子を見せつけられているようだった。

覚えていると期待したのは思い違いだったのか…。

まともに会話をする気さえ見せないことに、心の中で失望が広がっていった。

「今夜はずっとここにいるのか？」

「え？　ええ」

一人沈んだ気持ちでいると、突然そんなことを聞かれてぎこちなく頷く。

明朝帰ることを付け加えたが、カイルは自分から問いかけてきた割りに相槌《あいづち》を打つでもなく、エマに目を向けることもしない。それどころか、忌々《いまいま》しげに舌打ちをして背を向けると、彼は足早にどこかへ行ってしまった。

——ああ、本当に哀しいほど何の関心も持ってもらえていない……。

力が抜けてその場にくずおれそうになりながら、エマは遠ざかる彼の背中を言葉もなく見つめることしか出来なかった。

ところが、その直後、

「耳障りだ。その音を止めろ！」

突然カイルの怒声がホールに響き渡った。

いきなりのことに、その場にいるほとんどの人々がぽかんとしていた。

よく見るとカイルが向かう先にはオーケストラの奏者たちがいて、怒りの矛先は彼らに向けられているようだった。

「おい、何故音を止めない？　その耳は何のためについている。止めろと言っているのが聞こえないのか!?」

カイルはそう怒鳴りつけ、ヴァイオリン奏者の襟首《えりくび》を摑んで力任せに引き倒す。

ホール内のそこかしこから悲鳴が上がったが、彼は何一つ気にしていない様子だ。

彼は更に奏者から楽器を取り上げると床に叩き付け、ホール内にけたたましい音が響き渡る。楽器を破壊された奏者は青ざめ、倒れ込んだままガクガクと震えていた。

「今すぐここから出ていけ！」

激しい怒りを受け、奏者たちは慌ててホールから出ていく。

ヴァイオリン奏者も仲間の手を借りながら立ち上がり、壊れた楽器を抱えてヨロヨロとその場を立ち去った。

あまりに理不尽で横暴な振る舞いに、それまで会話を楽しんでいた人々の声は途絶え、場の空気が凍《こお》り付いていた。

「殿下、カイル殿下！　何をお怒りですか」

　と、そんなカイルのもとへ近づいていく者がいる。アイザックだった。

「アイザック、私はうるさい場所が嫌いだと常日頃から言っているはずだ。にもかかわらず、何故あのような者たちをこの場に呼んだのだ？」

「行き届かず申し訳ありません。殿下はいつもこういう場を嫌っておられるので、静かな部屋を別に用意してお呼びしようと……」

「勝手な判断をするな、この古狸《ふるだぬき》が！　婚約者がこの場に来ていることも先ほど部屋で聞いたのだぞ!?　何故黙っていた！」

「も、申し訳ありません。何かの手違いがあったものと……」

　あれほど横柄だったアイザックが、カイルの前では小さくなっている。

　ひたすら謝罪するばかりで、かなり振り回されている様子が見て取れた。

　とはいえ、あの二人はカイルが毛嫌いしていたこともあって、以前はかなり険悪な間柄だったのだ。数年前に来た時は会話をすることさえ避けていた様子だったのに、この一年でこんなにも変わるものなのかとエマは驚きを隠せなかった。

　しかし、それよりも驚いたのは、オーケストラの奏者たちに対しての先ほどの態度だ。

　少なくとも以前のカイルは、ああいった賑《にぎ》やかな演奏を好んでいたし、フローレンス家に来た時にはヴァイオリンの演奏を楽しげに披露してくれたこともある。

うるさい場所が嫌いだと言っていたが、頭を打ったことで好みまで変わったということだろうか。

だとしても、奏者の命とも言うべき楽器を壊す必要がどこにある？

ホール内は静まり返ったままだ。こんな状況を作り出しておきながら、一切周りを気にせず、平然と立っていられる彼の神経が理解出来なかった。

「もういい。おまえの顔など、これ以上見たくもない」

「殿下、どちらへ行かれるのですか!?　お会いいただきたい令嬢が……」

「そんなものはどうでもいい。私に指図するな」

吐き捨てるように言い、カイルは身を翻す。

どうやらエマの方に戻ってこようとしているらしい。驚いて顔を強張らせ、無意識に後ずさろうとした。

「どこへ行く。おまえはこっちだ」

けれど、それに気づいたカイルに手首を摑まれてしまった。

「痛……ッ」

加減のない力に痛みを訴えたが、彼は構うことなくエマを連れて歩き出す。

無理矢理引っ張られる恰好となり、その気遣いのない歩調についていけずに足がもつれ

そうになった。

「殿下、その手をお放しください。痛がっているのが分かりませんか？」

そこへオリバーが二人の前に素早く回り込み、転びそうになるエマを支えた。

ほっと息をつき、そのまま兄のもとへ戻ろうとするが、カイルは摑んだ手を放してくれない。数秒ほど二人は対峙し、カイルの目が不機嫌に細められた。

「婚約者と二人で話をするだけだ。何かおかしなことがあるか？」

「ですが」

「どけ、邪魔をされる謂れはない」

カイルはオリバーを押しのけ、再び大股で歩き出す。

その強引な動きに、身体を支えてくれていたオリバーの手が離れてしまう。更に引っ張られ、エマはバランスを崩して今度こそ転んでしまった。

「きゃあ…っ!?」

「エマ！」

大勢の見ている中で、顔から火が出そうなほどの恥ずかしさだった。

しかも、傍に駆け寄ってくれたのはオリバーだけで、カイルは今になってエマから手を放して面倒臭そうに溜息までついている。心配するどころか、完全に他人事《ひとごと》だった。

ここに来たことを後悔しないと覚悟していたはずだ。

零れそうになる涙を堪え、エマは歯を食いしばった。

「…あっ」

ところが、俯いた瞬間、血の気がすっと引いていく。

左手の薬指に嵌めていた指輪がない。

それに気がつき、慌てふためきながら床に両手をついた。

「どうした？　何があった、エマ？」

「指輪がないの…っ！」

きっと転んだ拍子に抜け落ちて、床に転がってしまったのだ。

急いで辺りの床を捜すが見つからない。テーブルの下に隠れてしまったのだろうか。

きっとそうだ。エマは床を這うようにして捜し始めた。

しかし、不意に伸びてきた腕に邪魔をされて前に進めない。腕を取られて無理に立たされ、声を上げる前にエマは身体ごと抱きかかえられていた。

「な、何？　え？　ちょっと…っ」

「行くぞ」

抱き上げたのはカイルだった。

まるで何事もなかったかのように歩き出すので、エマはびっくりして声を上げた。

「やっ、待って！　指輪が、指輪が落ちてしまったの！」

「指輪？」

「そう、あれからずっとつけていたのよ。私、ずっと外さずにいたの…ッ！」

エマは必死に捜させて欲しいと訴えた。

覚えていないなら意味が分からないかもしれない。それでもエマにとっては大切な思い出だったから、せめてその気持ちくらいは汲んで欲しかった。

なのにカイルは止まることなく、遂にはホールを出てしまう。オリバーが追いかけてこようとしていたが、兵たちに阻まれて進めずにいるようだった。

「カイル、お願い戻って！」

「何故だ？」

「だってあの指輪は」

「指輪がどうした。その程度のことで大騒ぎをするな。あとで違うやつを用意してやるから、少し大人しくしていろ」

「——っ！」

愕然としながらエマはカイルを見つめた。

エマにとって大切なものだと理解してもくれないのか……。

いくら忘れているにしても酷すぎる。あの指輪は彼にとっても、父母の思い出の品だというのに…。

怒りで身体中が震えた。様々な想いが踏みにじられた気分だった。この世でたった一つの大切な指輪なのに、違うもので代用など出来るわけがない。

今になってオリバーの気持ちがよく分かる。カイルは本当に別人のように変わってしまったのだと。

「おかしな女だ」

そう言って、歪ませた口端にまで違和感を覚えた。

カイルはそんなふうに笑う人ではなかった。もっと子供のように笑う人だった。

何てことだろう。彼の愛しい痕跡《こんせき》を一つも見つけられない……。

エマは様々な現実に打ちのめされて声も出ない。

オリバーは兵に止められたままのようで、既に姿が見えなくなっていた。けれど、それを気にするどころか、エマはただ呆然と、この廊下はどこか見覚えがあると思うことしか出来ないでいた。

――ああ、そうだわ。この先にカイルの部屋があったのよ……。

流れ行く景色を見て、数年前に彼と王宮内を歩いていた時の記憶がエマの中に蘇《よみがえ》る。

ぼんやりしているとカイルは部屋の前で立ち止まった。衛兵が扉の両脇にそれぞれ立っていたが、不要だと言って手で払い、エマを連れて彼は自室へと入っていく。

「え…？」

だが床に下ろされるなり、エマは怪訝に思って眉をひそめた。

この薄暗さは何だろう。

シャンデリアには火が灯っておらず、四方の棚に置かれた燭台《しょくだい》に僅かばかりの光があるだけなのだ。

「おまえも早く脱げ」

背後からそんな言葉をかけられ、エマはビクンと肩を震わせる。

振り返ると自身の服を着崩しながらカイルが近づいてきた。

悪い予感しかしない。

エマはじりじりと後ずさり、左右に視線を彷徨わせて逃げ場を探した。

けれど、そのさなかにベッドの上で何かが動いたのが見えて、思わずそれに気を取られてしまう。

――もしかして、他に誰かいるの!?

エマは目を凝らして息をひそめる。

足を止めるや否や複数の人影が一斉に動き出したので、驚きのあまり悲鳴を上げた。

「きゃあッ!? んっ、んぅ――ッ!!」

しかし、その悲鳴は途中でくぐもった声に変わってしまう。

素早く伸ばされた手でエマの口が塞がれたからだ。

しかも間近に迫った者たちの顔を見て、エマはぎょっとした。

部屋にいたのは色香の漂う美女ばかり……。驚くべきは、彼女たちが生まれたままの姿でいたことだった。

「んっ、んぅー!!」

何が何だか分からない。全てが突然すぎた。

四方八方から伸びてくる腕がエマの動きをことごとく封じ、身体に触れてくる。胸をまさぐられ、腰を撫でられ、尻の肉を揉まれても碌《ろく》な抵抗が出来なかった。

「ンー……ッ!」

逃れようにも一人対複数では分が悪すぎる。

そのうちに何人もの手に背中を押され、エマの身体はベッドに引きずり込まれた。

「カイル様、私たちが準備をいたしましょう」

エマに顔を寄せてきた一人の女が、甘えを含んだ声でカイルにそう言った。

一体何の準備をするというのだ。嫌な予感はますます膨れ上がっていく。

両手両脚が彼女たちの手でベッドに縫《ぬ》い留められ、動かせる場所は首くらいしかない。

お願い止めさせてと祈る気持ちでカイルを見上げたが、彼の次の言葉はエマの願いを完膚なきまでに打ち砕いた。

「そう言えば、おまえたちを部屋に残したままだったか。まぁいいだろう。その娘が暴れないよう、そのまま押さえておけ」

「仰せのままに」

「ん────ッ！」

カイルは止めさせるどころか拘束を続けるよう命令し、嫌がるエマに伸し掛かる。

涙で目の前が滲んでいく。自分は本当にこんな現実を見るために来たのだろうかと……。

だって一年前まで、あなたは何度も私に愛していると言ってくれた。

このまま連れて帰りたいと言って、不器用な手つきで優しく抱いてくれた。大切な人へ贈るための指輪をエマの指に嵌め、二人の未来を約束してくれた。

連絡が途絶えても、兄の言葉を耳にしても今日まで諦められなかったのは、あなたがくれた思い出があまりに幸せだったからだ。

彼女たちは何？　どうして当たり前のように裸で部屋にいるの？

何故それをあなたは平然と受け入れているの？

『一日中自室に籠もって女たちと遊んでばかりだとか』

『カイルときたら一日中酒をあおり女どもを侍らせ、部屋からほとんど出てこない』

頭の中にいつか耳にした言葉が蘇る。

同情の目を向ける周囲の眼差しまで頭に浮かんだ。

「んぅ…ッ!?」

エマの首筋をカイルの舌が這い、大きな手が無遠慮に胸を鷲摑《わしづか》みにした。

女たちは命令に従ってエマから自由を奪い、カイルの身体にも触れている。はだけられた服から覗く胸に口づける者、服の中に忍ばせた手を上下させて彼の雄を扱いている者までいた。

「……はあッ」

カイルは欲情に濡れた目でエマを見下ろしている。

纏わり付く美女たちはますますカイルの興奮を煽っていった。扱いて昂ぶった怒張を女の一人が口に含み、激しく頭を上下させる。それを見た他の女たちは笑みを浮かべ、彼の身体の至るところに舌を伸ばしていく。

そのうちに、彼の息づかいが徐々に忙しなくなり、昂ぶりを口に含む女の頭を摑んで腰を揺すり始めた。その間もカイルはエマから目を逸らさない。眼差しだけで犯されている気分になって背筋がぞわっと粟立った。

「んんっ、んーッ、あぁ――ッ!!」

激しくもがくと口を塞ぐ女の手が僅かに外れ、エマは悲鳴を上げた。

気持ちが悪い。吐き気がする。いくら何でもあんまりだ。

こんなこと、目の前でしなくてもいいじゃないか。

「あぁっ、そんなに暴れてはだめよ」

しかし、すぐさまエマの口は塞がれてしまう。

カイルの荒い息が耳元にかかり、間近で目が合うと、彼はニィッと口角を最大限に引き上げて笑った。

「ふ、うぅーっ！」

怖気《おぞけ》が立って、ガタガタと身体が震えだす。

こんなにも彼をおぞましく思う日が来るなど想像もしていなかった。

「んっ、ん、――ッ⁉」

べろっと頬を舐められ、エマは全身に鳥肌を立てる。

このまま抱かれるくらいなら、死んだ方がましだ。

エマは息を吸い込み、いっそ舌を噛み千切ってしまおうと考えた。

ところが、その時、

――ガァアアン…。

と、金属をぶつけたようなけたたましい音が部屋のどこからか響き渡った。

それはビリビリと振動が伝わってくるような凄まじい音で、その場にいた全ての者の動きが一瞬にして止まっていた。

「……今の音は何？」

「何かが落ちたのではないかしら？」

「それにしては落下した物が見当たらないけれど」

女たちは怪訝そうな顔をして部屋を見回していた。

同時に気が散漫になり、エマを押さえつけていた腕の力が少しだけ緩む。その機を逃すまいとエマは思い切り息を吸い込んだ。

「誰か助けて——ッ!!」

出せる限りの声を張り上げ、必死の思いで助けを請う。

今の音は部屋の近くにいた誰かが立てた音だと思ったのだ。

「…ん、んぐッ」

けれど、エマが叫びを上げられたのはその一声だけだった。

再び女たちに口を塞がれて、先ほど以上の力で押さえつけられる。どんなにもがこうとしても、今度こそ身動き一つ出来なくなってしまった。

だが、そこで思わぬことが起こる。

「——おまえたちは、出ていけ」

その様子を無言で見下ろしていたカイルが、いきなりそう命じたのだ。

女たちは目を見開き顔を見合わせていた。何故出ていけと言われているのか理解出来ないといった様子だった。

「聞こえなかったのか？　おまえたちに用はない。消えろと言っているのだ」

冷たい眼差しで、追い討ちをかけるように彼は言い放つ。

途端に怯《おび》えた表情を浮かべた女たちは、慌てて自分の服を掴み取る。取る物も取り敢えず、彼女たちは見る間に部屋から姿を消した。

突然何だというの……？

カイルはどうして彼女たちを追い出したのだろう。

エマにもその理由は分からない。不審に思って見上げると、カイルはどこか気が散った様子で音が聞こえた左の壁を凝視していた。

今なら逃げられるかもしれない。

伸し掛かられていると言っても、カイルはエマに跨がっているだけで体重を乗せているわけではないのだ。素早く動けばうまくいくように思えた。

エマは気力を振り絞って、カイルの身体を力いっぱい突き飛ばす。

僅かによろめいた隙にベッドから飛び降りて扉に向かって走り出した。

「……どこへ行く気だ？」

けれど、希望はすぐに潰《つい》える。

あっという間に先回りされて、カイルは扉の前で笑っていた。

彼が後ろに手を回すと、ガチッという金属音が響く。鍵をかけられたのだ。

「お願い。ここから出して」

「何故？　おまえは私の婚約者なのだろう？　その身体を好きにして何が悪い？　嫌がる意味が分からない。これまでの女たちは例外なく自ら股を開いたぞ」

　僅かに首を傾げ、カイルは不敵な笑みを浮かべて近づいてくる。

　エマは後ずさり、必死で逃げ場を探した。

　もう捕まりたくない。もう触れられたくない。

　その一心で先ほど聞こえた音の方へと走り出す。きっと隣の部屋に人がいるのだ。そうであって欲しいと力の限り壁を叩いた。

「助けて！　お願い、誰か助けて!!」

　背後からカイルの腕が伸び、エマの肩に触れた。

「いやっ！」

　ぞっとして身を捩り、棚の上に置かれた燭台を投げつける。

　しかしそれがカイルに当たることはなく、ただ床に転がっただけだった。蝋燭《ろうそく》には火が灯っていたので絨毯に燃え移りそうだったが、彼は冷静に足で踏みつぶして消していた。

　部屋は一層暗くなり、そのことに狼狽《うろた》えて足をもつれさせる。エマはその場に尻餅《しりもち》をついて転んでしまった。

「痛ッ、……、……えっ？」

　だが、その拍子に棚に体重がかかったことで、背中の違和感に気がつく。

何故か棚が横に動いていくのだ。この暗闇では何がどうなっているのかよく分からないが、そうして棚が動いた後には壁がなく、ぽっかりと穴が開いていた。

そのせいでエマは体勢を崩し、穴の開いた空間に仰向けに倒れてしまった。

「きゃあっ!?」

後頭部をゴッッと床に打ち付け、痛みで顔をしかめる。

その直後、ガァアアン…と、先ほども聞いたけたたましい音が、この穴の向こうから大きく響いた。

――やっぱり誰かいるんだわ。

エマはすかさず立ち上がり、音がした方へと迷わず駆け出した。

狭い通路は人ひとりが通れる程度の広さしかない。

どこまで続くのだろう。

しかし、そう不安に思った矢先に違う部屋に辿り着く。かなり短い通路だったようだが、辿り着いた部屋も少し気味が悪い。

窓が無く、やけに薄暗いのだ。

ただ、四方に灯った燭台のある光景が、カイルの部屋と雰囲気が似ているようにも感じられた。

「うぅ――…」

立ち尽くしていると、奥から低い呻き声が聞こえてくる。

エマは部屋と通路との境から奥を窺ったが、暗くてよく見えない。もう一度呻き声が聞こえてきたので、少し警戒しながら何歩か奥に進んだ。

すると、少し先に転がっていた丸い銀のテーブルの向こうで何かが動き、目を凝らすとそこに人が倒れているのに気がついた。

「大丈夫ですか!?」

エマは慌ててその人のもとに駆け寄り、うつ伏せに倒れた身体を揺すりながら声をかけた。

「っ、…うぅっ」

「――ッ!?」

だが、その人が苦しげに顔をしかめてこちらを見上げた瞬間、エマは驚愕に目を見開く。

鉄の首輪に繋がれた若い青年。

呻くしか出来なかったのは、口にも枷《かせ》が嵌められていたからだ。

痩せた頬、蝋燭の灯りでも分かる見事なブロンド――。

「ああっ、こんなことが……」

エマは唇を震わせ、彼の頬に手を伸ばす。

溢れる涙で前が霞む。その温もりを確かめるため、彼を抱き締めようとした。

「やぁッ!?」

しかし、すんでのところで腕を掴まれ、身体ごと彼から引き離されてしまう。

身動きが取れないほどの強い力で後ろから拘束され、一気にエマを現実へ引きずり戻した。追いかけてきたカイルに捕まってしまったのだ。

「おまえにとって、この娘は特別な相手なのか？」

カイルは後ろからエマを抱き締め、耳元に唇を寄せながら青年に問いかける。

「ウゥ――ッ」

途端に彼は呻き声を上げ、立ち上がろうとした。

伸びた髪から覗く熱い眼差しが、エマの胸を激しく揺さぶる。

嗚咽《おえつ》を漏らしながら彼に向かって手を伸ばすと、それに気づいた彼もエマに向かって腕を伸ばそうとした。

「エマ、エマ、ここにいるのか!?」

ところが、互いの指先が触れかけた時、どこからか扉を叩く音が響いた。

オリバーの声だ。エマを追いかけてきたのだろう。

音はカイルの部屋の方から聞こえ、扉を壊す勢いで力任せに叩く様子が伝わってくる。

「何て騒がしい男だ」

あまりの音にカイルは溜息をつき、エマを抱えて身を翻す。

部屋へ戻るつもりだ。それに気づいたエマは、焦りを募らせながら首輪に繋がれた彼にもう一度手を伸ばした。

けれど、今度はエマに手を伸ばそうとはせず、もの言いたげな眼差しを向けられただけで、すぐに彼の姿は見えなくなってしまった。

「エマ、いるんだろう!?　エマッ、エマ!!」

部屋に戻るとオリバーの声が一層大きく聞こえた。

カイルは棚の位置を元に戻すと、薄暗く足下もよく見えない部屋をものともせずに進んでいく。なおも激しく叩かれる扉の前で下ろされ、そこでエマはようやく彼の拘束から解放された。

「今見たものは誰にも言わない方がいい。〝あれ〟に危害を加えられたくなければな……」

両肩に手を置かれ、低い声でエマの後頭部に囁きかける。

ビクンと肩を震わせると楽しげな笑いを零し、彼は鍵を開けて扉を開いた。

「エマッ、エ――」

突如開かれた扉に虚を衝《つ》かれ、オリバーは目を丸くしている。

それでも背を押されて胸に飛び込む形となったエマを、力強い腕で抱きとめてくれた。

「大丈夫か？　何もされていないか!?」

「……っ」

オリバーの腕の中でエマは後ろを振り返った。

扉は既に閉められていて、中からは物音一つ聞こえてこない。

エマは激しく鳴り響く己の鼓動を聞きながら、自然と震えてしまう自分の手を握り締めた。

「とにかくここを離れよう」

呆然としていると、オリバーに腕を引かれる。

導かれるまま広い廊下を進んでいくが、どこを進んでいるのかよく分からない。つい今しがた目にした光景が頭の中を酷く混乱させていた。

カイルの部屋にあった隠し扉の向こうには閉じ込められた青年がいた。

首輪をされて、口にも枷が嵌められていた。もの言いたげな眼差しでエマを見つめていた。酷く憔悴《しょうすい》しながらも、まだ力のある目で何かを訴えていた。

だから、一目で分かった。

あそこに居た人こそが、エマが会いたかったカイルなのだと――。

❀　❀　❀

その後、エマとオリバーは用意された王宮の一室で休んでいた。

今夜はここで一泊して明日には家に戻る手筈となっているが、結局王には会えずじまいだ。

晩餐会で事が終わっていれば、何のために来たのかと、ただ不愉快な思いを味わうだけだっただろう。

しかし、カイルが現れてからの、特に部屋に連れていかれた後のことは、しばらく震えが止まらないほどの衝撃をエマに与えていた。

「少しは落ち着いたか？」

ソファに座るエマの前に膝をつき、オリバーが顔を覗き込んでくる。

エマはぎこちなく頷き、何とか冷静になろうと試みた。一気に色々なことが起こりすぎて混乱してはいるが、頭の整理は多少出来ていた。

「だから会わせたくなかったんだ……」

オリバーが悔しげに呟く。

その苦悶に歪んだ顔を見て胸が痛くて堪らなくなった。

今ならその失望がよく分かる。この一年の間、オリバーは近衛隊の隊長としてほぼ毎日王宮に出入りしてきたはずだ。

カイルと顔を合わせることもあっただろう。両親に語っていた以上の不愉快な出来事にも遭遇したかもしれない。親友だと思っていたカイルの変貌を、きっと誰よりも歯噛みしながら見てきたのだろう。

オリバーに話せたらどんなにいいだろう。

けれどオリバーに話したことを知られたら、カイルは無事でいられないかもしれないのだ。

部屋から出る直前、他言しないよう言い含められたことがエマの口を堅く噤ませていた。

それでも、ここに来ることが間違いだったとは思って欲しくない。エマにとっては必要だったと伝えたくて必死で言葉を選んだ。

「お兄様。だけど私ね、何を知っても後悔はしないって決めてきたのよ。自分の目で確かめずにいたから、どこにも進めなかったんだもの。……ここに来てよかった。一緒に来てくれて、本当に感謝しているわ」

「エマ…」

強い意志を込めてそう言うと、オリバーは少し驚いた顔をしていた。

しかし、彼にはそれが強がりに見えたのかもしれない。すぐに眉を寄せて、静かに首を横に振った。

「今回ここに来た目的がカイルを諦めるためだったというなら、そういう結論でも頷けた。

だが、そうならない可能性があるから恐ろしいんだ。エマ、俺たちは陛下に招待されて王宮にやってきた。カイルとの結婚を陛下が進めようとしている話を聞いたうえでだ」

「だけど結局、陛下にはお会い出来ていないわ」

「病に臥されている陛下の容態が思わしくなかっただけだろう。話が立ち消えになったとは誰からも聞いていない」

「それは……」

「もちろん、どこまで本気で考えておられるのか不透明な話だ。杞憂で終わればいいとも思う。本心を言えば、俺だってこの話には困惑している」

「お兄様」

「だってそうだろう？　陛下の意志だと言われても割り切れないに決まっている。こんな馬鹿な話があってたまるか…っ！　頭を打ったから性格が変わっただと？　だから何だ⁉　ふざけるな！　不幸になると分かっているのに、あんなやつにかわいい妹を渡せというのか⁉」

オリバーは悲痛に顔を歪め、エマの手を握り締める。

それは自分の立場を忘れ、妹の身を案じる兄の嘘偽りない優しさだった。

胸が痛くて堪らない。

エマは唇を噛み締めて涙を堪えた。

カイルとオリバーはまるで本当の兄弟のようだった。フローレンス家で言いたいことを言い合う二人を見ているのが、エマだって本当に大好きだったのだ。

誤解を生んだままでいいわけがない。真実を知らずにいるのはあまりに不幸だ。

そう思うのに、喉から出かかった言葉をどうしても呑み込んでしまう。

口を滑らせたことで、カイルに取り返しのつかないことが起こったらどうするのだ。考えただけで恐怖に身が竦んだ。

——コン、コン。

不意に扉をノックする音がして、エマはハッと我に返る。

オリバーは小さく息をついて立ち上がった。扉に向かう横顔は、既に先ほどまでの感情的なものではなくなっていた。

「なんだ、フレッドか」

「ああ。今日はせっかく来てもらったのに悪かった。陛下の容態が思わしくなくてな……。先ほど、やっと少し落ち着かれた。悪いが一緒に来て欲しい。君たち二人に会いたいと仰せなのだ」

二人の会話にエマもおおよそのことを察して立ち上がる。

恐らくフレッドと呼ばれた彼が王の側近で、エマとカイルの結婚を進めようとしていると話した人なのだろうと思った。

「分かった。行こう」

今は頭を切り替えるしかなさそうだ。

オリバーに促されて無言で頷き、エマたちはフレッドについてエドガルドのもとへと向かった。

❀　❀　❀

「おお、エマ、オリバーも来てくれたな。傍に来て顔をよく見せてくれ」

王の自室に足を踏み入れた途端、二人はそんな声に迎えられた。

覚えがあるその声は、力なくベッドに横たわるエドガルドのものだ。エマとオリバーは顔を見合わせて頷き、ベッドの傍まで近づくと床に膝をついた。

「陛下、ご無沙汰しております」

「ああ、エマ。何と美しく成長したものだ」

弱々しい手で頬に触れられ、エマはその上から手を添える。

窪《くぼ》んだ目、こけた頬、青白い顔。

一体どんな病に冒されたというのだろう。エマが知るかつてのエドガルドは健康そのものだったのに、今は起き上がることさえままならず、別人のように痩せこけてしまっていた。

「カイルには会えたか？　この一年ほど、会っていなかったと聞いている」

懐かしげにエマを見つめていたエドガルドは、そう問いかけながら微笑んだ。

エマは一瞬顔を強張らせながらも、「はい…」と小さく答える。そんな様子をエドガルドは哀しげに見つめていた。

「……あれについて様々な噂が立っていることは聞き及んでいる。エマの心中を思うと、本当に胸が痛い。謝っても謝りきれないことをしてしまった」

「陛下…」

「だが、情けないことに、私はその様子をこの目で見たことが一度もない。こうして病に倒れても、あれが会いに来たことはないのでな」

「そ、うだったのですか」

「私は人の親として失格なのだろう。この一年はそれを痛感するばかりだった。……しかしエマ、それでも私はあれの親だ。恥知らずと言われようと知らねばならない。どうか教えてくれ。あれは、どんな様子だったろうか？　エマの目にはどう映っただろうか？」

エドガルドは言いながら身を起こす。

慌ててその身体を支えたエマは、隣で同じように支えるオリバーと顔を見合わせた。

まさか、陛下がそこまで心を痛めていただなんて思いもしなかった。

エマは何と答えればいいのか分からず、言葉を詰まらせる。もしかして、今回王宮に招待された本当の目的は、幼い頃からカイルを知るエマの目にはどう映るのか、それを知るためだったのだろうか。

隠し部屋のことや、そこで見た様々なことが脳裏を過る。

吐き出してしまいたいと迷う気持ちと、それを押しとどめる気持ちの狭間《はざま》でぐらぐらと揺れたが答えは出ない。エマは考えあぐねた末に、カイルとして振る舞うあの男に会った感想だけを伝えることにした。

「……今のカイル殿下は、私の知っている人ではありませんでした」

エマは唇を引き結び、エドガルドをまっすぐ見つめる。

彼は本当に別人だった。きっとそうは受け取ってもらえないだろうが、嘘を言いたくなくて精一杯伝えられる言葉を選んだ。

「そうか…」

エドガルドは目を伏せ、静かに頷く。

何かを噛み締めるように何度も何度も頷いていた。

「陛下、あまり長く話されてはお身体に障ります」

と、これまで後ろで黙って聞いていたフレッドが口を出す。

エドガルドは小さく息をつき、「すぐ終わる」と苦笑しながらエマの手を握った。

「エマ、見てのとおり、私は既に王としての役を果たせていない。この命もそう長くは保《も》たないだろう」

「陛下、そのような」

「いいのだ。……しかし、その前にやらねばならぬことがある。既に聞き及んでいるだろうが、私は近々王位をカイルに譲ろうと思っているのだ」

「は、はい…」

「そして戴冠式《たいかんしき》が終わり次第、おまえたち二人の結婚式を執り行いたい」

「……ッ」

「複雑な心中は察するに余りある。さぞ辛い日々を過ごしたことだろう。本当にすまなかった。……それでも、エマ、どうかカイルを頼む。あの子にはどうしてもおまえが必要なのだ」

そう言ってエドガルドは深く頭を下げる。

突然のことにエマもオリバーも激しく狼狽えた。

「陛下、何てことを…っ、どうかお止めください！」

一国の王がこんなふうに頭を下げるなど、聞いたこともない。

しかし、止めさせようとしても、エドガルドは下げた頭を一向に上げようとしない。

エマが了承するまで止めない気なのだ。

「わ、…分かりました。分かりましたから！　ですから陛下。どうかそのようなことはお止めください！」

そこまでされてはエマも頷くしかなく、嫌だなどと口が裂けても言える状況ではなくなってしまった。

オリバーもまた複雑な表情を浮かべていたが、口を挟むことは出来なかったようだ。

「エマ、今日は久しぶりに会えて嬉しかった。来てくれてありがとう」

「私もお会い出来て嬉しかったです」

「今夜は疲れたろう。ゆっくり休んでくれ。——ああ、オリバー。おまえとはまだ話したいことがあるのだ。少し残ってくれるか？」

「承知しました。……エマ、一人で戻れるか？」

「ええ、大丈夫。それでは失礼いたします」

本当は不安で仕方なかったが、そんな表情を浮かべるわけにはいかない。

心配そうなオリバーを横目に、エマは平静を装いながら挨拶を済ませて、一人で部屋を後にした。

だが、廊下に出た途端に頭がくらっとして壁に手をついてしまう。

「どうかしましたか？」

「あ、いえ。立ちくらみがしただけです。大丈夫ですから」

声をかけてくれた衛兵に答えて、呼吸を整えてから何とか歩き出す。

様々なことに直面しすぎて考えがうまく纏まらない。

あそこまで王が本気だとは思わなかったので、エマはカイルとの結婚の話を、あまり本気で考えていなかったのだ。

しかし、このままではカイルを救い出すどころか、その前にあの男と結婚させられてしまうかもしれない。本物のカイルに危害を加えられたくない一心で誰にも本当のことを言えなかったが、一人で何が出来るかも分からないのに、これからどうすればいいのだろう。

考えるほど途方に暮れてしまい、エマは部屋に戻ってもしばらくは放心して動けなかった。

# 第三章

——四方に置かれた燭台の灯りが、そろそろ消えそうだった。

カイルは床に座ってベッドにもたれ掛かりながら、小さくなっていく炎をぼんやりと見つめていた。

石の壁に囲まれたこの部屋には窓がない。外からの音が漏れ聞こえてくるとすれば、隠し扉が意図的に少し開けられた時だけだった。

「——ぁ…ん、あっ、いいっ！」

しかし、聞こえるのはいつだって女の嬌声《きょうせい》ばかりだ。

隠し扉が僅かに開けられるのは、決まってあの男が女たちとの交合を愉《たの》しむ時だからだ。

いつだったか、この部屋と同じくらいに薄暗くしているから、誰もそんな隙間には気づかないのだと言っていたことがある。

「ぁん、はあッ、あぁあッ」

常に複数を相手にする獣以下の狂った行為は、一日中でも続けられる時があった。

延々と響く耳障りな女の嬌声を耳にしながら、カイルは壁から首輪に繋がった鎖を手で弄《もてあそ》び、何の感情も籠もらない目で床を見つめていた。

「あっ、はあッ、カイル様、カイル様ぁ…っ！　もう、あ、ああ──…ッ!!」

女たちは絶頂を迎える瞬間、いつも名を呼びながら果てる。

聞こえるようにわざと言わせているのかもしれない。

やがて訪れた永遠と思えるほどの静寂の中で、あとはただ息をして過ごそうと思った。

──コツ、コツ…。

それから間もなくのことだ。

近づく靴音を耳にしてカイルは僅かに身じろぎをする。

気配はベッドの傍まで近づいてきて、革のブーツが視界に入った。見上げると自分そっくりの顔が満足げに頬を上気させ、愉しげに笑みを浮かべていた。

女たちは既に部屋から追い出したようだ。

この隠し部屋の存在は、誰にも知られてはいけない大きな秘密だった。

「カイル、今日はもうそれを外してやろうか」

壁と首輪を繋ぐ鎖を手に持ち、反抗が出来ぬよう牽制しながら男は首を傾げる。

これは特別なことではない。二人になると口枷だけ外されるのは割といつものことだ。頷くと、後頭部で留められた口枷が、懐から取り出した鍵で外された。

「……は、……ッ」

一日ぶりに解放された口元を手で拭い、カイルは深く息をついた。

凝り固まった顎《あご》の筋肉をほぐしながら自分と同じ顔をした男の横顔を盗み見る。

やけに機嫌がいいように見えるのは恐らく気のせいではないだろう。

「今夜は殊《こと》のほか興奮した。おまえの顔色が変わったのは、いつ以来だったろうか？」

男はベッドに腰掛け、カイルの顔を覗き込む。

目を逸らすと喉の奥で笑い、先ほど床に叩き付けた銀のテーブルに目を向けた。

「それにしても、やられたな。あのテーブル……。悪さが出来ぬよう遠ざけたつもりだったが、ギリギリ触れられる位置だったのか」

「……」

カイルは床に目を落として、ひたすら黙り込む。

何を話しかけられても答える気はなかった。

だが、そのような頑《かたく》なな態度に男はすっと目を細め、カイルの耳元に唇を寄せると悪魔のような囁きを漏らした。

「エマを、もう一度部屋に連れてこようか？」

「……ッ!?」

「ハハハッ、また顔色が変わった！　そのテーブルを倒して音を立てたのも、やはりあの娘に反応したのだな!?　これはおもしろい！　絶対に連れてこなければ!!」

「この…ッ、いい加減にしろッ!!」

心底楽しげに笑う男を見たカイルはカッと頭に血が上って掴み掛かった。

しかし、襟に手をかけたところで鎖をぐっと横に引っ張られる。為《な》す術《すべ》もなく床に引き倒され、次の瞬間には背中を踏みつけられていた。

「うっ、……ッ、ぐ…ッ、ゲホ、ゲホ…ッ」

なおも鎖を引っ張られて喉が絞まる。

男は咳き込むカイルから離れて一旦姿を消したが、すぐにその手に大きな鞭《むち》を持って戻った。軽く床を叩いてしなり具合を確認し、カイルが逃げられぬよう首輪から繋がる鎖を足で踏んで固定した。

「誰が飼い主なのか、分かるまで教えてやらねばな」

そんな囁きが聞こえた直後、躊躇《ちゅうちょ》なく鞭が振り下ろされる。

「──ッ!!」

ビュ…ッと空を切り裂く音が響いて背中に鋭い痛みが走り、カイルは背を仰《の》け反《ぞ》らせて声なき悲鳴を上げた。

けれど、そんな一振りで終わらせるほど、この男は優しくない。喉の奥で笑いを噛み殺し、爛々と目を輝かせながら何度も鞭を振るわれた。

「カイル、どうしていつも声を押し殺す!? 痛いと叫べばいい。反応がないとやりがいがないではないか！」

その言葉にカイルは血が滲むほど唇を噛み締めた。

高揚しているのか、今日は一段と容赦がない。徐々に服が裂かれて肌が剝き出しになっていく。露わになった肌にも鞭がしなり、衝撃は骨にまで響いた。

「……ッ、ぐぅ…ッ！」

そうまでなってもカイルは音を上げなかった。

人として扱われなくとも心までは屈するものか。

たとえ意識を失っても無様な姿だけは晒さないという最後の意地だった。

それに、反応が薄いと男はすぐに飽きるのだ。痛みに耐える姿には面白みを感じないからだろう。

「はあっ、はあ…っ、……ッチ、もう気を失ったのか」

程なくして男は不満げに舌打ちをし、靴音と共に気配を消す。

激痛に堪えかね、カイルは浅い呼吸を繰り返しながら気を失いかけていた。その薄れゆく意識の向こうで、再び近づく靴音を耳にする。

その直後、大量の水が頭上からかけられ、カイルは無理矢理現実に引きずり戻された。

「ぶは…ッ、あっ、はあっ、はあ…っ！」

激しく息を乱し、咳き込みながら男を睨みつける。

男はすぐ傍にしゃがみ、カイルの顔を覗き込みながら血が付着した鞭をベロリと舐め、薄ら笑いを浮かべた。

「やはりエマを連れてこよう」

「ま、待てッ！」

立ち去る男を追いかけようと、カイルは急ぎ身を起こそうとする。

だが、激しい痛みに襲われ立ち上がることも出来ない。手を伸ばすのが精一杯だったが、既に男の姿はどこにも無かった。

「何故だ！　私だけで充分だろう…ッ!?」

カイルは唇を震わせ、憎悪を込めて拳を床に叩き付けた。

一体外で何が起こっている？

どうしてエマがここにいるのか、ここに閉じ込められてどれだけ経ったのか、それさえ分からなかった。

「……無様だ」

無力感に苛まれながら、カイルは力なく床に倒れ込む。

出来ることなら、同じ顔をしたあいつを嬲《なぶ》り殺しにしてやりたい。

ふと、あの男と出会った頃の己の姿が頭を過り、あまりの口惜しさに身体中が震えた。

エマにさえ言えなかった秘密も、苦悩しながら寄り添おうとした日々も、全てが徹底的に踏みにじられ、こんな形で返ってきた。

どうしてこうなったのだろう。今はただ憎しみが募るばかりだ。

自分たちは、決して憎み合うために出会ったわけではなかったはずなのに——。

❀　❀　❀

今から八年ほど前、十歳になって間もなくの頃にカイルは男と出会った。

その日はエドガルドに呼ばれて父の自室を訪ねていたが、顔を見せるや否や、カイルはいきなり手を摑まれていた。

「カイル、ついてきなさい」

そう言ったエドガルドの声は、心なしか強張っている気がした。

よく見ると顔つきもいつもより少し厳しい。

もしかして、何か怒らせることをしでかしてしまったのだろうか。

あれだろうか、これだろうかと心の中で自問していると、エドガルドはカイルの手を引いて部屋の壁に掛けられた大きな絵の前に立った。

「あっ⁉」

カイルは大きな声を上げて目を見張る。

額縁のどこかを押した途端、絵が横にずれて目の前に狭い通路が現れたのだ。

「足下に気をつけて。転ばないように」

「は、はい」

注意を促されながら、カイルたちはその狭い通路を進んでいく。

けれど、内心では探険気分でワクワクしていた。こんな場所があるだなんて想像もしていなかったから、これからどこへ連れていってくれるのだろうと思って顔が笑ってしまう。

「おまえの部屋にも似たような仕掛けがある。あとで教えてあげよう」

「本当ですか⁉」

「ああ、緊急時に備えるため、王族の自室はそういう構造になっているのだ」

ますますワクワクが止まらない。

しかし、胸躍《おど》らせていたのも束の間、すぐに大きな部屋に辿り着いてしまう。

思ったよりずっと短い通路だったようで、もう終わりなのかと少しがっかりした。

カイルは通路と部屋の境に立って、きょろきょろとその部屋を見回す。

窓が無いからか、やけに暗いのが気になった。四方に置かれた燭台に火が灯っているが、部屋全体を照らすには足らず、それだけではかなり心許ない明るさに思えた。

そんな中でも、徐々に目が慣れてくるから不思議だ。ふと、部屋の中央にベッドが置かれていることに気がついてカイルは首を傾げた。

まさか、父上はここでいつも眠っているのだろうか？

そんなことを考えながら、何の気なしにベッドに近づいていった。

「——え？」

と、そこで人影に気づき、カイルはぎょっとして足を止めた。

ベッドに誰かが腰掛けている。しかも、自分と同じくらいの背格好の少年が、身じろぎもせずに、こちらを見ていたのだ。

「……ッ!?」

その顔を見て、カイルは更に驚嘆《きょうたん》する。

鏡があるのかと思うほど、自分と同じ顔をしていたからだ。

よく見れば服装が違っていたし、カイルが動いても相手は微動《びどう》だにしないことから、鏡の前に立っているわけではないことはすぐに理解した。

だが、分からないことばかりで頭は混乱する一方だ。目の前の少年は何故か首輪を嵌め

られ、鎖で繋がれていたのだが、理解の範疇《はんちゅう》を越えてしまい呆然とその姿を見つめること
しか出来なかった。
「この子はおまえの双子の弟だ」
「えッ!?」
カイルの混乱を察して、神妙《しんみょう》な面持ちで口を開いた父の言葉に目を見開く。
これまで自分に兄弟がいるなど、エドガルドはおろか他の誰からも聞いたことはなかっ
た。だが、ここまで似ている赤の他人がいるだろうか。少年は何から何までカイルとそっ
くりだった。
「……私の、弟」
ごくっと喉を鳴らして、少年をまじまじと見つめる。
不思議なのは、こうして目の前で人が話しているにもかかわらず、ほとんど表情が変化
しないことだ。
何だか人形のようだと思った。大きな目がカイルとエドガルドを行ったり来たりしてい
るのを見ても、からくりの仕掛けのように思えてしまう。
「カイル、これから話すことは、我々王家と一部の者だけが知るとても大きな秘密だ。彼
の存在を含め、絶対に誰にも口外しないと約束して欲しい」
「誰にも？　エマにも言ってはだめですか？」

「ああ…、そうだな。例外は生涯の伴侶ただ一人だ。だから、エマには正式に妻として迎えた時に打ち明けるといい」

エドガルドの答えにカイルはほっと胸を撫で下ろす。

大好きな彼女に大きな秘密など作りたくなかったのだ。エマを妻に迎えることは自分の中で確定していたので、いずれ話せるなら少しは安心だった。

そんなカイルの様子にエドガルドは微かに笑みを零したが、すぐに難しい顔になって少年を見下ろした。

そして、カイルを自身の胸に抱き寄せると僅かに息をつき、心に抱えた大きな秘密と、その原因となった忌まわしき因縁を語り始めたのだった。

「――我ら王族には、双子の血が濃く流れている。建国の父となった初代の王を始め、双子だった者は歴代の王の中に度々存在した。しかし、この国において双子という存在は、あまり歓迎されない。カイル、その理由をおまえも聞いたことがあるはずだ」

「はい、少しは…」

カイルは眉を寄せ、小さく頷く。

少々さぼりがちだが、歴代の王のことは教育係にみっちり教え込まれた。

確かにあまり良い印象がない。双子の一人が王になった時、国が傾くほどの争いが必ず起こったからだ。

「この話をする時、最も取り上げられるのが初代の王の話だ。――仲が良かった双子の兄と弟。弟は幼い頃から兄を慕い、心より尊敬していた。兄も弟をかわいがり、手本となれるよう努力し続けた。しかし、建国を境にして二人の間に溝が生まれてしまう。弟の心に変化が生まれたのだ。どうして自分は王になれないのだろう？　姿形は同じ、生まれた日も同じだ。能力もそう変わらないはずなのに、兄が優先されるのは何故だろう？　あまりに不公平ではないだろうか？　兄がいなければ自分が王になれたはずだ。いっそ今からでも王になれるのではないか……。権力欲の塊となった弟は兄の暗殺を企むようになり、遂には計画を実行に移してしまった。不幸中の幸いと言うべきか、事は未遂に終わったが、反逆者となった弟が許されるはずもなく斬首刑が言い渡される。兄の方も命が助かりはしたが、襲撃に遭《あ》った際に片腕を失うという実に後味の悪い結末を迎えることとなった。……人の心の闇はとても深い。しかし、我らが恐れるべきはその教訓だけではない。双子が生まれた時は、必ずと言っていいほど兄弟間に確執が生まれ、時に国が二分するほどの血みどろの諍《いさか》いが繰り返されてきたのだ。そのせいで、この国にとって双子とは建国の象徴という顔を持つ一方で、凶兆の証となってしまった」

エドガルドはそこまで言うと、先ほどから自分たちを交互に見ている少年から目を背けた。

そんな父の腕に抱かれながら、カイルは少年をじっと見つめる。

今の話を自分のこととして呑み込むには、流石にまだ実感が湧かない。

それよりも、同じように話を聞いているはずなのに、何一つ少年の表情が変わらないことの方が気になって仕方がなかった。

「だが、ある時のこと。またも生まれた双子を前にして王が下した決断が、それまでの流れを変えることとなる。生まれたばかりの弟の命を、王自らの手で絶ったのだ」

「――ッ!?」

ぼんやり聞いていたカイルに衝撃が走る。

驚愕して見上げると、複雑な顔をしたエドガルドがゆっくり頷いた。

「全ては国のため民のため、忌まわしい歴史を繰り返さぬために断腸の思いで下した決断だった。それが功を奏《そう》したかどうかは私には判断がつかない。しかし、生かされた双子の片方が王になった時、極めて善政を敷き、大きな発展を国にもたらしたことは歴然とした事実として残った」

「ち、父上。待ってください。命を、命を絶ったというのは…、もしかして弟を殺したということですか?」

「そういうことだ。その後は初めての子が双子の王子だった場合、弟の方の命を父が絶たねばならないという秘密の決めごとが出来た」

「そんな…っ」

あまりに恐ろしい話で、カイルは身を震わせた。

けれど、目の前の少年を見て疑問が浮かぶ。

双子の弟だというなら、彼が今も生きているのは何故だろう。生まれた直後に父の手で殺される運命ではなかったのか？

そんなカイルの疑問に気づいてか、エドガルドが更に言葉を続けた。

「本当なら、この子も私が手にかけるはずだった。だが、フィオナの…、おまえの母の必死の反対に遭い、迷いが生まれてしまった。どうか命だけは助けて欲しいと泣いて縋られ、その悲痛な叫びを無視することが出来なかったのだ」

「母上が、彼を助けたのですか？」

「……そうだ。その代わり、この子は存在しない者として一生を過ごさねばならなくなった。不穏な行動を起こさぬよう、こうして私に見張られてもいるのだ」

エドガルドの静かな声で、カイルは胸の奥深くを抉られた気分になった。

突然打ち明けられた、もう一つの残酷な運命。

自分は何一つ不自由なく暮らしてきたのに、血を分けた実の弟は首に鎖を付けられ、薄暗い部屋に閉じ込められていた。そのうえ、こんなことが死ぬまで続くという。とても黙って聞ける話ではなかった。

存在しない者だって？

何を言っているのか分からない。彼はここにちゃんといるじゃないか！

「父上、その役を私と代わってください！」

「何？」

「彼を見張ればいいのでしょう？　それなら私にも出来ます」

「しかし」

「それに、いずれは私がこの役目を引き継ぐのではないですか？　いくら父上だって彼が死ぬまで見張り続けるなんて出来ないはずです。こんなことは言いたくありませんが、親が子より先に去るのは世の道理なのですから」

「カイル…」

「守るべきことがあるなら従います。もちろん秘密も守ります。だから…っ！」

突然の申し出にエドガルドは戸惑いを隠せない様子だった。

役目を代わったからと言って、カイルの中で具体的に何かを変えられるという考えがあったわけではない。

だが、この時は一片の迷いもなかった。自分でもよく分からないが、とにかく引き下がってはいけないという考えしかなかったのだ。

父は元々押しに弱いところがある。いつも最後にはカイルの願いを聞いてくれた。今回も聞いてくれるだろうという多少の打算も頭にあった。

「……少し、考えたい」

しばしの沈黙の後、エドガルドはそう答えてまた黙り込む。

その場で結論を出してくれないことに不満はあったが、とても思い詰めた顔をしていたので、それ以上はカイルも口を噤んだ。

それでも、父はきっと彼を自分に預けるだろうという妙な確信があった。

エドガルドが少年を見る眼差しは、カイルを見る時とは比べようもないほど素っ気ない。

だから、父は彼のことがあまり好きではないのだと、そう思ったのだ——。

❀　❀　❀

少年がカイルのもとにやってきたのは、それから一週間後のことだった。

やはり父上は彼を好きではなかったのだ。

そんな想像が正しかったかどうかは、本人に直接聞いたわけではないので定かではない。

けれど、少年と接して真っ先にカイルが感じたのは、父が彼に僅かな愛情さえ傾けていなかったのではないかということだった。

少年には名が与えられていなかったうえに、ほとんど言葉を知らなかったのだ。

最初は話しかけても反応がない理由が分からなかった。しかし、しつこく話しかけているうちに、徐々に反応を返してくれるようになり、何となく父が少年とどう接していたかを想像出来るようになった。

恐らく、エドガルドはこの少年に話しかけることもしなかったのだ。

父子としての関わりも当然のように持たなかった。

本当に監視することとしかしてこなかったのだと――。

「私はカイルだよ。呼んでごらん」

「……?」

「カイル。カ・イ・ル」

「か、い、る」

「そう。それでね、おまえの名前はルカだよ。ル・カ」

「る、か」

「上出来だ。少しずつ覚えていこう」

カイルは少年をルカと呼ぶことにした。

我ながら気に入っている。カイルとは真逆の生き方をしてきたと考え、自身の名を逆さにして少し呼びやすく変えてみたのだ。

一週間も話しかけていると、おうむ返しをするようになったため、どうせなら彼とちゃんと話をしたいと思うようになったのが、ルカと本当に寄り添い始めたきっかけだったかもしれない。

やれることはたくさんあった。

余程のことがない限り、日に一度はここに来ていっぱい話しかける。いずれは読み書きも教えよう。教えるからには、自分も多くのことを学ばねばならない。さぼりがちだった勉強も真剣に取り組むようになった。

もちろん、このことは誰にも秘密だ。ルカの存在をエドガルドだけが知っていたならよかったが、よりによって宰相のアイザックまでもが知っていると分かったからだ。

これはルカがカイルのもとに来た数日後にエドガルドから聞いたことだが、アイザックがルカの存在を知っているのは、カイルたちが生まれた時、彼も出産に立ち会っていたからのようだった。

アイザックは先代の王の時から宰相を務めていた古株だが、とにかく我の強い尊大な男だ。この時も、男児だった場合、次期王となる者の誕生を見届ける権利があると主張して強引に立ち会ったようで、生まれたのが双子と知るや否や、彼はルカを母から無理矢理取り上げた。

しかし、母の懇願もあってエドガルドが手にかけることを躊躇《ためら》っていると、彼はそんな二人を激しく糾弾し、それでも思い切ることが出来ないのを見て、ならば一生閉じ込めておくしかないと決断を迫ったのだ。

数日後、迷いながらもエドガルドはそれを決断したのだが、今度は不穏な行動など起こせぬよう首輪をつけた方がいい、情を傾けてはならないと決めごとまで作られ、挙げ句の果てに首輪の鍵も取り上げられてしまった。

情けないのは、エドガルドが一切の反論もなくそれを聞き入れたことだ。

父にとっては自身が子供の頃から王宮で権力を振るうあの老人が誰よりも怖いらしい。言いなりでいる姿はカイルも度々目撃しており、父の優しい性格を好きだと思う反面で、そんな気の弱さにいつも残念な気持ちにさせられていた。

一方でカイルは、年を追うごとにアイザックに対して好戦的に噛み付くようになっていった。元々彼を好きではなかったのもあるが、ルカがこうして生きることとなった元凶であると知ったことが拍車《はくしゃ》をかけたのかもしれない。

エドガルドが強く出ないのをいいことに、国中のあらゆるところで強い影響力を及ぼそうとするのをさりげなく阻止してみたり、自分の息のかかった家の娘を宛てがおうとするので、そのような話が出るたびに片っ端から断り続けてもいた。

そのうえ、アイザックは貴族としての格、――要するに階級にやたらとこだわる人間で、子爵家の娘であるエマを貴族の中でも格下と蔑み、王家に相応しくないと陰で随分反対していた。その卑劣さが気に入らず、アイザックの取り巻きたちを含めてカイルは事あるごとに様々な意見を巡って火花を散らすようにもなった。

　そこまでいくと、向こうも嫌われていることは自覚するらしく、反抗的な目をするカイルのことをかなり苦手に感じていたようではあるが……。

「まあでも、ルカのことは全て秘密だから、いくつ秘密が増えても一緒かもしれないな。うん、そうだそうだ」

「……？」

　自問自答するカイルを見てルカはきょとんとしていた。

　この小さな頭の中で、ルカは何を考えているのだろう。

　そんなことを考えながら、その顔をじっと見つめる。鏡に映したみたいにそっくりな人間がいるというのは、やはりとても不思議な気分だった。

「ルカ、笑ってごらん」

　ぷにぷにのルカの頬を軽く引っ張って、笑った顔を作ってみる。

　カイルは自分でもニッと笑い、「こうだよ」と見本を見せてやった。

　最初、ルカはそれをガラス玉みたいな目で見ていただけだったけれど、不意にカイルの頬を指先でちょんと突いてきた。

「…ふっは！」

「え？」

ルカの息がカイルの顔にかかり、何事かと目をぱちぱちさせる。

しかし、何が起こったかはすぐに分かった。ルカはカイルの頬をつんつんしながら笑っていたのだ。

「あっは、ふっはっはっは」

「ルカ、何で笑うんだ？　私は稀に見る美男子のはずなんだが」

「ぶふーッ！」

どうしてそこで笑うんだ……。

それにしても、何て変な笑い方。カイルの顔はルカの唾が飛んでべちゃべちゃになっていた。

「はは…」

けれど笑いとは伝染するもののようだ。

ルカを見ているうちに、カイルの方も段々笑いがこみ上げてくる。

唾でべちゃべちゃなこともおかしくなってきて、変な笑い方も堪らなくおかしい。気がつくと、互いの顔を見てはカイルも一緒になって腹を抱えて笑い転げていた。

思えばオリバーともすぐに仲良くなれたのだから、子供同士なんてそんなものなのだろう。

深く考える必要なんてどこにもない。大丈夫、うまくやっていける。

ルカの見せた初めての笑顔を見てそう確信したのは、この隠し部屋に彼が来て一か月後のことだった。

❀　❀　❀

その後のルカの成長は目覚ましかった。

水を得た魚のようにたくさんのことを吸収して、数年も経てば会話どころか文字の読み書きも出来るまでになり、信頼感でいっぱいの顔でカイルに笑いかけるようにもなった。

けれど、ガラス玉みたいな青い瞳は何年経っても綺麗すぎるほど澄んでいて、まだ何も知らない赤ん坊のように無垢なままだ。闇雲に様々なことを話して外の世界に興味を抱かれても、今のカイルにはどうしてやることも出来ない。必要以上のことを教えるのに気が咎めた結果でもあり、それはとても哀しく歯がゆいことだった。

カイルは年を追うごとにルカの将来のことを真剣に考えるようになっていった。

いつの日か、この哀れな半身を救ってやりたい。王子として外に出せないというなら、自分が王位に就いた時、どこかの田舎でひっそりと新しい人生を始めさせてやれないだろうか。きっとエマも賛成してくれるだろう……。

そんな思いは、あの日が来るまで変わらず抱き続けていたものだった。


「食事、ここに置いておくよ」

「カイル。まだ行かないで。少し確かめたいことがあるんだ」

「ああ、いいよ」

カイルは銀のテーブルにルカの食事と水を置き、ベッドに腰掛ける彼に近づいていく。ルカの前に立つと、彼は立ち上がりながら僅かに首を傾げた。

「カイルは、ここ何日か凄く機嫌が良さそうだな」

「そう、か？」

「ああ。楽しいことがあったのか？」

じっと覗き込まれて、少しだけ顔が熱くなった。

頬を掻き、カイルはごほごほと意味のない咳払いをして目を泳がせる。

思い当たる節は確かにある。ほんの二日前のこと、カイルはめくるめく初体験をエマとしたばかりだったのだ。

エマはとてもかわいかった。愛しすぎて悶え死ねると思うほどだった。

王宮に戻ってからもかなり浮かれていたから、きっとそれがルカにも伝わったのだろう。

だが流石にこんなことは話せない。というよりも、彼女のことは自慢にしかならないと思っていたから、そもそもルカに話したことは一度もなかった。

話してしまえば止《と》め処《ど》がなかっただろう。会わせたくとも、まだ秘密を打ち明けられる段階ではなかった。

カイルは少し冷静になろうと深呼吸をして気持ちを落ち着けた。

「そ、それはともかく、確かめたいこととは何だ？」

「ああ、そうだった。……体格をね。カイルとどれくらい違うのか知りたかった」

「体格？　私の方が少し筋肉がついている程度で、驚くほどの違いはないように思うが…。それを確かめてどうするんだ？」

「少しでも同じがいいと思ったんだ」

そう言ってルカはカイルの胸元に手を伸ばす。

同じがいいだなんて、ちょっとした依存心の表れだろうか？

こんなことを言い出すのは初めてで、カイルは内心驚いていた。

「本当だ、カイルの方が固い。だけど、この程度の違いなら大丈夫だ」

「何が大丈夫なんだ？」

「うん、きっと誰も気づかない」

何を言っているのかよく分からなかった。

「ルカ？」

カイルは眉を寄せ、ルカの顔を覗き込む。

すると、ルカは大きく目を見開き、これ以上ないほど口角を引き上げて笑った。

「……ッ!?」

初めて見せたその表情に得体の知れないものを感じ、カイルは咄嗟《とっさ》に後ずさる。

その直後、コツ…と後ろから足音が響く。

「誰……──」

しかし、部屋に人が侵入してきた気配を感じて、振り返ろうとした矢先に目の前に火花が散った。

後頭部に凄まじい衝撃が走り、ぐにゃりと視界が歪む。

何が起こったのか分からないまま、カイルはその場に崩れ落ちていた。

殴られたのか？　誰に？　何故？

様々な疑問に答えを出そうとするが、まともな思考が働かない。薄れゆく意識の狭間で、しゃがみ込んだルカが顔を覗き込んでいるのが見えた。

「次はおまえの番だ。死ぬまで飼ってやる」

「う…」

冷たく重い金属が、喉に押し当てられる。

首を絞められる感覚が息苦しく、じゃらじゃらと鎖が重なり合う音がしていた。

どうやって鍵を外したのか、ルカは首輪をしていない。たった今カイルの首に嵌められたのがそうなのかもしれなかった。

ルカは寒気のする笑顔を浮かべている。

ガラス玉のように澄んでいた瞳は酷く濁《にご》っていた。

「どうだ、言うとおりにしたぞ。完璧だったろう？」

不意にルカが誰かに向かって話しかけた。

「流石でございました。しかし、重要なのはこれからです。お分かりですね？」

「ああ。今から私が〝カイル〟だ。誰より完璧に成り代わってみせる」

「全く頼もしい限りです」

覚えがある声だった。

嫌な予感がする。カイルはすぐ近くに感じる気配を確認しようと、かろうじて視線だけを動かして固まった。

「……アイ、…ザック……ッ」

嘘くさい笑顔、不愉快なしゃがれ声。

一瞬だけアイザックはカイルに目を向けたが、すぐにルカに視線を戻してわざとらしく声を上げた。

「ごらんください。何て恐ろしい目をしているのでしょう！　これが、あなた様をずっと閉じ込めていた男の本性なのですよ。お可哀想に、あなた様はこの男のせいで自由を奪われたまま一生を終えるところだったのです！」

「その話は何度も聞いた。ところで、おまえ自身はどうなのだ。本当に私の味方なのか？」

「何をおっしゃいますか！　生まれた直後に殺されようとしていたあなた様を助けていただくため、ひたすら懇願したのが誰だとお思いですか!?　私がいなければ、あなた様はとうの昔にこの世から消えていたというのに、そのように疑うなど…。今もこうして真実を打ち明け、復讐《ふくしゅう》の手助けをしようと」

「ああ、いい。分かった」

「いえ、大変な苦難に遭ってきたのですから、疑心暗鬼《ぎしんあんき》になるのも仕方のないことです。これから信頼していただくため、誠心誠意尽くしていく所存《しょぞん》…」

「もういい。おまえの話はくどくて飽きる。何にしても、おまえの言うとおりにすればうまくいくんだろう？」

ルカの言葉に、アイザックは満面の笑みを浮かべて頷いた。

「そうです。多少の違いなど取るに足らぬこと…。最初だけ少し協力していただければ、あとは私の力で全ての疑念をはね除《の》けてみせましょう。その後は好きなように振る舞えばいいのです」

「ならいい」

「ではカイル殿下、陽の当たる場所へお連れしましょう」

ルカはアイザックの話に頷き、振り返ることなく去っていく。

澄んだ瞳はすっかり濁ってしまっていて、二人で育んだ時間も、寄り添った思いも粉々に砕けていくのを見ているようだった。

陽の当たる場所。

それはいつの日かカイルが連れ出そうとした場所だ。

だけど、そんな男が連れていける場所ではなかったはずだ。

閉じ込めていた？　誰が誰を？

私がおまえを……？

「……は、ははっ、あははッ、あははははっ！」

ルカ、おまえはそれを信じたのか。

私よりもその男を信じるのか。

カイルは目に涙を溜めて、こみ上げる笑いを吐き出した。

朦朧とする意識の中、何もかもがおかしくておかしくて堪らなかった。

やがてぷっつりと意識が途絶えるまで、カイルは壊れた人形のようにただひたすら笑い続けていた。

——それ以来、カイルは外の世界から断絶された。

偽者と入れ替わっても、世の中は変わらない。誰もその変化に騒がない。全てアイザックが先回りして何事もなく日常が回っているのだろうが、器さえ同じなら中身の違いなどどうとでもなると言われているようなもので、それもまた虚しい話だった。

ルカは一方的に自分の感情を押し付けるばかりで、カイルの話を全く聞こうとはしない。少しでも意見しようとすると、躾用の道具としてアイザックに与えられた鞭を愉しげに振り回す。取りつく島もなかった。

次第に心が冷えていき、何をしても反応が鈍くなったカイルを、ルカはつまらなそうに見るようになり、いつしかその鬱憤《うっぷん》を晴らすかの如く女たちと快楽を貪《むさぼ》る声ばかりが部屋に響くようになった。

これでは王子としての責務など、全く果たしていないのだろう。

頭の片隅で思ったが、もう自分には関係のない話だったと目も耳も塞ぐことにした。

きっと、エマともこのまま関係が断ち切れてしまった方がいい。アイザックはカイルとエマの関係に反対していた。それはルカであっても同じはずだ。婚約者の存在が知られなければ、エマがルカの毒牙にかかることはない。今の自分には彼女を助けることも出来ないのだから……。

虚しさと哀しみ、膨れ上がるのは憎悪ばかりだ。

ああ、だけど。エマ、エマ。

せめて一目だけでも君に会いたい。

凍った心の中で、愛しさが消えない。

胸に抱いた温もりがどうしても消えない。

君が好きで好きで堪らない。他の何にも代えられない。

だからいっそ、私のことなど忘れてしまえばいい。

そうして新しい恋を見つけ、今度こそ幸せにしてくれる男のもとへ行けばいい。

胸に沸き上がる激しい恋情は、誰にも傷つけられないよう奥深くに閉じ込め、カイルはこの一年、血を吐く思いでエマとの別離を祈り続けたのだった。

❀　❀　❀

――これほど暗澹たる気持ちで夜を過ごすのは初めてかもしれない。

エマは溜息をつき、ベッドから起き上がった。

「……無理よ。眠れるわけないじゃない」

エドガルドの部屋から戻って、既に二時間は経過している。

オリバーを待っていたが、一向に戻る気配がない。夜も更けてきたので仕方なくベッドで横になったものの、何度寝返りを打っても眠気など全く訪れなかった。

今日一日だけで一年分の問題に直面した気分だ。

それなのに、明日には王宮を離れなければならない。ここを離れてしまえば、外から何を叫んでもしらを切られるだけだろう。騒げば隠蔽《いんぺい》のために本物のカイルが殺されてしまいかねず、行動を起こすなら今しかないのかもしれない。

これは国の一大事だ。戴冠式の前までに真実を晒さねば、偽者が王になってしまう。

「カイル…っ」

両手で顔を覆い、隠し部屋にいた彼のことを思い出す。

随分痩せて見えたけれど、あれは絶対にカイルだった。

もう一度あの部屋を訪ねれば会えるだろうか。昼のように襲われて、今度は逃げられないかもしれないけれど、それでも会える可能性は少しくらいあるだろうか。

カイルに似た男の情欲に濡れた眼差しを思い出し、身体が震える。姿形は同じなのに、あの男はカイルとは似ても似つかない別人だった。

そもそもあの男は何者なのだろう。あれだけ似た男が他にいたなら噂になりそうなものだが、そんな話は聞いたこともない。彼はどこからやってきて、何の目的でカイルを監禁しているのだろうか……。

『たとえば王が二人になったら、国はどうなるだろうか？』

『私の妻になったあかつきには、共有して欲しい秘密があるんだ』

その時、ふと、頭の中に二つの台詞が過った。

これは一年前、フローレンス家にやってきたカイルが、どこか思い詰めた様子で言った台詞だ。

カイルが打ち明けようとしていたのは、王家の秘密に関する何かだったはずだ。

「まさか、あの人がカイルの言っていた秘密なんじゃ……」

そこまで考えて、エマはごくりと喉を鳴らす。

もしそうだとするなら、エドガルドもあの男を知っているのではないのか。

単なる思い違いかもしれない。だけど、そう思った途端、いても立ってもいられなくなってしまった。

「だめだわ。考えている時間なんてない」

今からもう一度謁見《えっけん》をお願いしよう。駄目なら明日の朝一番だ。

とにかく確かめなければと、エマはエドガルドの自室へ向かうべく行動に移そうとした。

「……？」

ところが、ベッドから下りようとしてエマは動きを止める。

ノックもなくいきなり部屋の扉が開き、誰かが入ってきたのだ。月明かりだけが頼りの部屋で目を凝らしても、ぼんやりと人影が動くのがかろうじて見えるだけだった。

「お兄様…？」

声をかけたが返事がない。

その人影は明らかにこちらに近づいてきていた。

徐々に輪郭がはっきりしてきて、オリバーとは別人であることに気がつく。恐怖を感じ、エマは慌てて逃げようとした。

「やあっ！」

けれど、ぬっと伸びてきた手にあっさり捕まえられてしまった。

ベッドに押し倒されたエマは、首筋に押し付けられる唇から逃れようと激しく暴れた。

背筋がぞわっと粟立つ。頬にかかる息づかいや身体の重み、そしてこの気遣いのない腕の力をエマは知っていた。

「あ、あなたは、一体誰なの!?」

震えながら問いかけると、ピタリと動きが止まった。

喉の奥で笑いを嚙み殺す音が聞こえ、ぐっと顎を摑まれた。

「ひ…っ」

想像したとおり、間近に迫った顔はカイルによく似た男のものだった。

内心恐ろしくて仕方なかったが、怯えていると思われたくない。強く睨んで虚勢を張ると、男は目を輝かせて楽しげに口角を引き上げて笑った。

「あいつに会わせてやろうか？」

「……ッ!?」

男の囁きにエマはビクンと肩を揺らす。

これは罠だろうか？

頭の片隅で疑問を抱いたが、心は簡単にぐらついた。

「会わせて！」

気づいたら望みが口をついて出て、エマは男の服を鷲摑みにしていた。

ほとんど即答だったからか、男はおかしそうに肩を揺らして笑っている。

冷静でいられるわけがないだろう。この機会を逃したら二度とカイルに会えないかもしれないのだ。そう思ったら迷ってなどいられなかった。

「ならば、このままついてこい」

男は組み敷いた身体を放すと立ち上がり、振り返りもせずに部屋を出ていく。

エマは息を整えると唇を引き締め、黙々と歩く男のあとをついていった。

❀　❀　❀

それから間もなく、エマは男の先導で、カイルの自室から続く隠し部屋に再び足を踏み入れていた。

しかし、真っ先に目に飛び込んできたのは、床に倒れて動かないカイルの姿だ。

数時間前に見た時とは明らかに様子が違っていて、ただ倒れているだけではないというのはすぐに分かった。

「カイルッ！」

エマは蒼白《そうはく》になり、すぐさまカイルに駆け寄った。

ピクリとも動かないことに恐怖を感じながら彼を抱き起こすと、ぬるっとした何かが手のひらを濡らした。

恐る恐るその手を燭台の灯りに翳《かざ》し、黒っぽい液体を見て血の気が引いていく。

状況を見ればそれが血液だということくらいは容易に想像出来た。

「どうしてこんなことに……」

「──うぅ…」

「カイル!?　意識があるの？」

微かな呻きを耳にしてエマは彼の顔を覗き込む。

睫毛が小さく震え、固く閉じていた瞼《まぶた》がうっすらと開かれていく。何度か瞬きをしてエマを見つけた彼は、ほっとしたような、それでいて哀しげな表情を浮かべた。

「エマ…、こんなところに来ては駄目だろう？」

窘めるようなことを言いながらも、伸ばされた手はしっかりとエマを抱き締めていた。

「カイル、カイル、カイル──…ッ！」

顔中を涙でぐしゃぐしゃにしてエマも彼に抱きつく。

ああ、何てことだろう。やはり彼がカイルだった。エマの大好きな人だった。

会えて嬉しいはずなのに、少しも笑えない。

あまりに酷すぎて胸が張り裂けそうだった。

「──おまえはこっちだ」

だがその時、何の感情も籠もらぬ声が響き、エマは後ろに引っ張られてしまう。

背後に立った男にエマは腰を抱きかかえられていた。

「いやぁッ、離して！」

「エマ！」

そのまま引き剝がされそうになって、エマはカイルにしがみつく。

嫌だ。もうこの手を離したくない。一年もかかってしまったけれど、やっと見つけたのだ。そう思いながら、引き戻そうとしてくれているカイルに必死で抱きついた。

けれど、そのうちに男の腕が妙な動きをし始める。

エマのお腹をやわやわと撫でたかと思えば徐々に脇腹へ向かい、気づけば胸の膨らみを揉みしだいていたのだ。

「え…、やっ、何っ？　何をするのっ⁉」

まさかこの状態で何かされるとは考えもしなかった。

虚を衝かれ、力が緩んだ隙にカイルから引き離されそうになる。カイルもそこでエマが何をされているのか気づいたようで、怒りの形相で立ち上がった。

「彼女に触るなッ‼」

叫ぶなり男を突き飛ばしてカイルはエマを即座に奪い返す。

そして、これ以上危害が加えられないようにと、すかさずエマに覆い被さり身を硬くした。

しかし、覆い被さったからといってどうにかなるほど現実は優しくない。

それはカイルも分かっている。エマにも分かっていた。

それでも自身を顧みないその姿に胸を打たれ、エマはカイルの下で嗚咽を漏らした。

「――うっ⁉　……ぐ、がはッ、げはッ」

その直後、突如ジャラッと金属が擦れ合う音が響き、目の前から温もりが消える。

苦しげな呻きと激しい咳き込みが聞こえ、驚いて起き上がると、首輪に繋がれた鎖を男に引っ張られ、床に引き倒されているカイルの姿を見つけた。

「がはっ、ごほッ、がはッ」

「カイル！」

「おまえはこっちだと言っているだろう」

男は手に持った鎖を放すや否やエマに近づいてくる。

すぐ後ろでカイルがよろめきながら立ち上がろうとしていたが、逃げようとするエマを追いかける男の動きの方が遥かに速い。呆気ないほど簡単に捕まり、エマは男の腕に舞い戻ってしまった。

状況はなおも悪い方へと転んでいく。男はカイルの鎖が届かないギリギリの位置を計算し、エマを抱えて自分の部屋に続く通路との境まで移動してしまったのだ。

「な、んのつもりだ…ッ」

ひゅーひゅーと喉を鳴らし、カイルは首輪を引き千切らんばかりの勢いで近づこうとしていた。

だが、頑丈な鎖はびくともしない。そのうちにつま先が滑って膝をつき、目一杯手を伸ばす様子を嘲笑《あざわら》うかのように、男はエマの身体を無遠慮に触り始めた。

「いやっ、やめて！」

カイルの前で何をするつもりなの。

冗談ではないと必死の抵抗を試みるも力の差は歴然としていた。

拘束には片腕だけあれば充分なようで、空いた腕は太股に伸ばされ感触を愉しむように撫でられる。ゾワゾワと背筋を粟立て、身を捻《ひね》って逃げようとするが、通路の壁に身体を押し付けられて一層追い詰められてしまった。

「やめてっ、やめてっ!!」

スカートの中に忍び込んだ手がドロワーズの紐をするすると解いていく。

足を閉じて抵抗するも、ぐっと力が込められると膝の辺りまで一気に引きずり下ろされてしまった。

どう足掻いても男の拘束から逃れられない。手慣れた動きでドレスのボタンが次々と外されていくと背中が剝き出しになり、間髪を容れずに唇が押し付けられた。

「いや…っ！」

もしかして、私はカイルの前で陵辱されるために連れてこられたの？

エマはようやくそれに気がつき、唇を嚙み締めた。

今さら悔やんでも後の祭りだ。罠だという可能性は頭を過ったのに、カイルに会いたいという感情を優先したのはエマ自身だった。

「なかなか愉しめそうな美しい身体だ。カイル、おまえはこの身体を味わったことがあるのか？」

「離れ、ろ…っ」

「は…、怖い顔だ。それほどこの女が特別ということか」

目を血走らせ、唇を噛み締めるカイルを見て男は歯を見せて笑う。

そして、背後からエマに伸し掛かると、男はきつく抱き締めながら体重をかけ、そのままうつ伏せに倒した。剝き出しになった背中に舌が這い、そうしている間にもドレスは腰まで引き下げられてしまう。

「ん、う…っ」

「エマッ！」

カイルの声に反応して顔を向けると、手を伸ばす彼と目が合う。

噛み締めていた彼の唇からは血が出ていた。届かない距離を無理に縮めようとするから、首が絞まって息が苦しそうだった。

「カイル…ッ」

エマは男に伸し掛かられながらも、夢中で手を伸ばした。

つま先にも力を入れて床を蹴り、身体を前に進める。少しずつ距離を詰めていくが、届くには至らない。それでもカイルに近づきたくて、必死でもがいた。

「あぁっ!?」

が、ほんの十数センチほどに迫ったところで、近づいた距離が一気に離れる。

足首を摑まれて後ろへ引きずられていた。しかも、膝まで下ろされていたドロワーズをその拍子に完全に脱がされて、床に放り投げられてしまった。

男はうつ伏せになっていたエマの身体を、今度は仰向けになるよう転がした。

スカートを捲られ、固く閉じた両脚が強引にこじ開けられる。すかさず男の身体が挟み込まれて無防備に晒された下肢を覗き込まれた。恥辱に堪えかねたエマは足をばたつかせて暴れたが、その動きには何の効力もなかった。

「や、めて…っ、見ないで。見ないで…っ。あ、ああっ、痛いッ!」

突然の痛みにエマは悲鳴を上げる。

何の前置きもなく、いきなり中心に指を入れられていた。

「何だ、濡れていないのか?　変わった女だ」

男は不思議そうに首を傾げている。

こんな状況で、好きでもない相手にどうしたら濡れるというのだ。

不思議そうにしていることの方が不思議でならない。そう思うのに、男は指先でエマの中を弄びながら、濡れない方がおかしいと言わんばかりの顔をしていた。

「イタ…ッ、っ、くぅ…ッ」

「しかし、妙な気分だ。……カイル、こんなに興奮するのは、おまえが見ているからか？」

唇を歪めながら男はカイルに目を向ける。

何をしているのかを見せつけるようにエマの両脚は大きく開かされ、男の腕に抱え込まれていた。

やがて男の顔が秘所に近づき、長い舌がエマの陰核を軽く突く。

無理矢理にでも反応を引き出そうとしているようだった。

「ひ…っ、や、やめ」

「うぅ――ッ!!」

カイルはこれまで見たこともない怒りの形相で、言葉を知らない獣の如く地を這うような唸り声を上げた。

目を血走らせ、歯を食いしばり、全身を戦慄《わなな》かせる。それを見た男は、満足げに笑いながらエマの中心を舐め回す。指を差し込んでは滑りがよくなるよう舌を中にも潜り込ませ、酷く興奮した様子で息を弾ませていた。

「いやっ、ひぅ…ッ、いや、あ……ッ」

エマは両手で顔を覆い、何度も首を横に振る。

正気の沙汰ではなかった。やっとカイルに会えたと思ったのに、彼とそっくりな男にいいように身体を弄ばれ、よりによってそれをカイルに見られているのだ。

こんな酷い辱《はずかし》めを受けるくらいなら、カイルの知らない場所で陵辱された方が何倍もましだった。

「どうだ。これで多少はほぐれただろう。……それにしても狭いな。さぞ心地のいい締め付けを愉しめるのだろう」

「や、いやっ、それ以上は、お願い…ッ」

エマは喉をひくつかせ、男に懇願した。

しかし、自身の唾液で濡れた唇を拭いながら、男はエマを組み伏せる。欲情した瞳が次に何をしようとしているかは明らかだった。

「ウゥ――――ッ！」

カイルは一層激しい唸り声を上げていた。

今にも貫かれそうになりながら、エマは必死に逃れようと身体を捻る。

男は片眉を引き上げ、無駄な抵抗だと笑って腰を掴んだ。

「いやぁあ…っ！」

熱いものが中心に押し当てられてエマは悲鳴を上げる。

男はそんなエマの小さな顎を掴んで上向かせ、唇を重ねようとしていた。

「……うっ!?」

が、唇が触れかけた途端、男は低く呻いて、一瞬のうちにエマから離れていく。

何が起こったのかと驚いたが、そう思ったのはエマだけではなかったらしい。男の方も自身に何が起こったのか分からないといった様子で、ぽかんとしながら尻餅をついていた。

「――やれやれ……」

そんな二人の傍で溜息まじりのしゃがれた声が響く。

ハッとして顔を上げると、そこには呆れた様子で自分たちを見下ろすアイザックの姿があった。

「双子とは本当に困ったものですな。よもや同じ女を取り合うなど……」

「何?」

「殿下、見たところエマ殿は随分嫌がっておられるご様子。そこまでで終わりにして差し上げたらいかがでしょう?」

アイザックは男の肩を摑み、何故かそれ以上の行為に及ばぬよう引き止めている。

それを見て、先ほど貫かれそうになっていたのを引き離したのは、アイザックだったことに気がつく。理由は分からないが、そうして阻んでくれているお陰で男の意識は自然とエマから逸れていった。

「邪魔をするな。誰をどのように抱こうが私の勝手だろう」

「なりません！」

「何だと？」

「あ、いえ…。とにかくこちらへ。少し落ち着いて話しましょう」

「ふざけるな、私は落ち着いている」

「ならば、こうしましょう！　エマ殿に似た女を用意しますので、そちらでお楽しみください」

アイザックは男の言葉に聞く耳を持たない様子だ。

無理に立ち上がらせると乱れた服を正して、部屋に戻るようぐいぐい背中を押している。

しかし、強引に行為を中断させられたことに不満を持った男は、何度かエマを振り返って引き返そうとしていた。

「殿下、いけません！　お戻りを！」

だが譲らないアイザックの態度は、驚くほど頑なだ。

男は溜息をつき、やや乱れた髪を乱暴に掻き上げる。どうやら、渋々ながらも諦めたらしく、二人の姿は通路の向こうに消えて、やがて隠し扉が閉まる音が小さく響いた。

――助かった、の？

全くもってよく分からないが、すぐに彼らが戻ってくる気配はなさそうだった。

残されたエマは呆気にとられながら大きく息をつき、ふと後ろを振り返る。

同じようにカイルも呆然としていて、そんな彼としばし無言で見つめ合った。

「……おいで」

程なくして、カイルはそう言って腕を広げた。

エマは頷き、ふらつきながら彼のもとへ駆け寄った。腕を伸ばすと指先が彼の肩に触れ、その胸に飛び込むと力いっぱい抱き締められた。

「カイル、カイル…ッ!!」

エマは懐かしい腕の中でただひたすら彼の名を呼んだ。

以前よりも薄くなった胸板、腕の力も弱々しい。どれだけカイルが過酷な状況に身を置いていたのか、それだけで充分すぎるほど伝わってくる。

「エマ…、もっと君を確かめさせてくれ」

その囁きに、エマは顔を涙でいっぱいにしながら彼を見上げた。

どちらからともなく唇が重なり、血の味がするカイルの口の中を労りながら舌を絡め合う。本当に彼はどこもかしこも傷だらけで、胸が痛くて堪らない。

どうしてこんなことになったのだろう。彼を救うにはどうしたらいいだろう。

自分まで閉じ込められてしまって、これからどうなるのか分からないけれど、絶対にこんな場所で彼の人生を終わらせてはいけないと思った。

少なくとも、あの男はこの国を愛してなどいない。

　この国にいる人々を慈しむ心など持っていない。

　だから、カイルは何としてもここから出なければいけない。エマにとっても、この国の未来にとっても彼ほど必要な人はいないのだから――。

「カイル、まずは傷の手当てをしましょう」

　重ねた唇を離すと、エマは彼を見つめてそう言った。

　あちこちに出来た生々しい傷が、破けた服の隙間から見えている。

　放っておくことは命取りになりかねない。まともな手当てなど出来ないかもしれないが、それでも何もせずにはいられなかった。

「手当てなど、そんなもの」

　腕の力を強めたカイルは、エマを抱き締めて離そうとしない。

「カイル？」

「あいつ、エマの身体を…ッ！　絶対に許さないッ!!」

　カイルは苛烈に瞳を燃え上がらせ、激しく息を乱している。

　全身が怒りで震えて、まるで手負いの獣のようだった。

　これでは傷に障ってしまう。エマ自身も陵辱されかけたショックはあったが、今はカイルの方が心配でならない。何とか気持ちを静めさせようと、彼の身体を出来るだけ優しく抱き締めた。

「カイル、お願い落ち着いて。大丈夫、私は大丈夫だから」

「大丈夫なわけがないだろう!?」

「本当よ。あんなの、もう忘れたわ！　だってそうでしょう？　他の男のことなんて、どうして考えなきゃいけないの？　目の前にあなたがいること以外、私には考えることなんて何もないんだから！」

「……っ」

「様々な噂を耳にしたわ。もうあなたのことは諦めろとも言われた。だけど、この目で確かめてもいないのに諦めるなんて出来るわけがなかった。長い時間をかけてあなたを好きになったの。今さら他の誰も好きになんてなれない！」

「エマ…」

「カイル、ずっとずっと会いたかった。あなたを諦めなくてよかった…ッ！　本当によかった！」

カイルの気持ちを静めさせるはずが、エマの方が気持ちが高ぶっていく。

抱き締め合い、激しく唇を重ね合う。手当てをしなければと思うのに、傍にいることを確かめたくて彼に触れることしか考えられなくなりそうだった。

それを寸前で押しとどめ、エマは唇を離す。

抱き締める腕が熱い。見つめる眼差しが濡れていた。彼は今でもエマを好きでいてくれている。その事実があるだけで胸がいっぱいだった。

「……手当てに使えそうなものなど、ここには水くらいしかない」

少し迷う様子を見せながら、カイルはぼそっと呟く。

彼の方から言ってくれたことで少し落ち着きを取り戻し、エマは大きく頷いた。

「傷口を清めたいから上だけでも脱いでいてね」

立ち上がると辺りを見回し、ベッドの傍に置かれた水差しを取りに走る。

傷を包める布もあった方がいいだろう。こんなものでも無いよりはましだと思って、天蓋《てんがい》の布を強引に引き剝がして埃《ほこり》を払った。

「――え？」

しかし、それらのものを手に戻ったところで、エマの足から力が抜け、よろよろとその場に座り込んでしまう。

上を脱いで待っていた彼の裸には、新しいものから古いものまで、無数の傷がつけられていたのだ。

――何なのこれは……。

驚くべきは、傷の上から更に傷をつけられたような痕《あと》まであったことだ。どうしたらここまで残酷なことが出来るのだろうと、その異常なまでの執念に身体が凍り付いた。

「この傷は、全てあの人がしたの？」

問いかけるとカイルは小さく頷いた。

エマは震える手で水差しの水を背中に直接かけ、布にも浸して傷口を拭った。痛みが募るようでカイルの身体は強張り、息を詰めている。なるべく優しく触れることを心がけ、首輪で絞められたうっ血の痕も確認していった。

「もう分かっているんだろう？　あいつが私の秘密だということを」

「……っ」

やはりそうだったのだとエマは息を呑む。

先ほどアイザックも二人が双子だと口を滑らせていたからほとんど確信はしていたが、それでも衝撃は大きかった。

「双子、だったの？」

「……知ったのは十歳の時だ。それまでは兄弟などいないものと思っていた」

「そうだったの」

「それでも、こうなる前までは良好な関係を築けていたと思っていた。……全て、私の思い過ごしだったようだが」

俯きながら話すカイルの声が切なく響く。

どんな状況で二人が出会ったのかは分からない。どうやって関係を築いていったのかもエマには知る由もない話だ。

けれど、関係が良好だったというなら、互いが互いを憎み合っているように見える今はどういうことなのか。

一年前に何があったというのだろう。

そもそも入れ替わりなんて、実際はそう簡単に実現出来ることではない。

性格が違う。雰囲気が違う。いくら顔が似ていても違和感を覚える者もいるはずだ。

だが、エマは知ってしまった。この部屋にアイザックが乗り込んできたことを——。

この王宮に於《お》いて強い発言力がある男だからこそ、こんな乱暴な話がまかり通ってしまったのだ。

「全てアイザック様に仕組まれたことなのね？」

エマは声を震わせながら問いかける。

その動揺を感じ取って顔を上げたカイルは後ろを振り向き、エマの腕を掴んだ。

「この話、今はここまでにしよう」

「カイル？」

「知りたいなら、あとでいくらでも話そう。だが、今は感情的になってうまく説明出来そうにない。私にとって、現実は君だけだ。夢にまで見た相手に触れられるということだ。もう他のことに時間を使いたくない」

「……っ」

「エマ、本当にこれが現実なのか教えてくれ」

「ん…ッ」

カイルはいきなり噛み付くようなキスをしてエマを抱き寄せる。

手当ては途中だったが「もう充分だ」と言って、彼は手に持っていた天蓋の布を取り上げて床に敷いてしまった。

「んんっ」

エマはその上に組み敷かれて、また口を塞がれる。

燃えるような手で背中に触れられ、乱れたままの服が不慣れな手つきで脱がされていく。

その間も重なった唇が離れることはなく、カイルはエマの口腔内を味わい尽くし、小さな舌に絡み付いては貪り続けていた。

「っふ、んぅ」

「エマ、ずっと私を想ってくれていたなんて…ッ」

不器用ながらも一糸纏《いっし》わぬ姿にしてエマを見つめ、彼は唇を震わせる。

何度も何度もキスをした。感情が溢れ出し、エマはカイルにしがみつく。

彼の言うとおりだと思った。こうして触れ合う以上に必要なことがどこにあるというのだ。

連絡もつかずに会えない日々は拷問《ごうもん》のようだった。彼と触れ合っていることがどれほど凄いことか、どれほど夢見たことか、エマだって思うのは同じに決まっている。

　どんなふうに抱かれたっていい。滅茶苦茶にされたって構わない。きっとこんなことは他の誰にも思わない。

「エマ、エマ…ッ、君を愛している。狂おしいくらいだ」

　泣いてしまいそうな顔で彼は囁き、エマの首筋に所有の印を残す。

「あ…っ」

　その刺激に声を上げると、唇が胸元へと少しずつ下りていく。

　大きく骨張った手で両胸を揉みしだかれ、その間も主張し始めた乳首を何度も舌で転がされた。

　エマは深く息をつき、彼の髪をくしゃっと撫でる。

　とても柔らかくて気持ちいい。

　そう言えば、こんな場所に閉じ込められていたにしては身綺麗な印象があるのが不思議だ。水が用意されていたことを考えると、身を清める術はあったということだろうか。

「あ、んんっ」

　余計なことを考えていると、胸を弄んでいた舌でおへその窪みを突かれた。

　背筋がぞくぞくとして身体をくねらせるが、なおも続けられるその刺激で、お腹の奥に言葉にしがたい切なさが募っていく。

「ふ、あ、…ああっ！」

エマは甘く身悶え、肩で息を弾ませる。

胸を揉みしだいていたはずの手が、知らず知らずのうちに下肢まで動いていて、指先で陰核を弾かれた。内股に力が入り、触れられるごとに身体をひくつかせる。その反応を見たカイルは更に身を屈め、エマの中心に舌を這わせ始めたのだった。

「ひあぁっ!?」

悲鳴のような嬌声が部屋に響いた。

更に両脚を大きく広げられ、彼の指が中に入れられる。

同時に入り口付近を舐め回されて、中に入れた指が抜き差しされていく。その動きは少しずつ速められていき、エマが激しく悶えるたびにぐちゅぐちゅと卑猥な音を立てていった。

「あ、あぁっ、そんなにされたら……っ」

エマは背を仰け反らせて、つま先をぴんと伸ばす。

最初は一本だけだった指の数も、いつしか二本、三本と増やされて、時折彼の舌先まで中へと滑り込んできた。

「ああっ！」

カイルはなおも舌を這わせ、エマの体内から溢れ出した愛液をも舐め尽くす。

これほど執拗なのは、先ほどのことを気にしているからなのだろうか。

正直に言えばあの男の感触など、エマはほとんど覚えていない。指も入れられ、舐められもしてショックは受けたが、あの混乱した状況をまともに記憶出来る余裕などあるわけがなかった。

けれど、そんなことを言ってもカイルには気休めにもならないだろう。自分が逆の立場なら堪えられないと思い、エマは彼の気の済むまで受け入れようと思った。

「エマ、教えてくれ。どこが気持ちいい？」

「はあっ、ああ…っ、あ、あっ」

執拗なまでの愛撫でエマの身体はかつてないほどの熱を持ち、次第にどこか遠くへ放り出されてしまいそうな感覚に陥っていく。

この濡れた音が彼の唾液なのか、それとも自分のものなのかは分からない。

最初に抱かれた時は恥ずかしさばかりが募ったが、今はカイルと触れ合っている証だと思うと胸の奥に熱い気持ちがこみ上げる。

「あ、あぁ、ああっ」

「エマ、ココがいいのか？」

「やあぁっ！」

中に入れられた指で奥を強く擦り上げられると途端にお腹の奥に力が入り、エマは喉をひくつかせて彼の指をきゅうっと締め付けた。

その過敏な反応に気づいたカイルは、同じ場所ばかりを狙って更に追い詰めようとする。

もう自分ではどうにも出来ない。

ぴんと伸びたつま先に一層力が入る。初めての感覚に押し流され、エマは為す術もなく陥落してしまった。

「やっ、あ…ッ、あ、ああ——ッ」

喉を反らせ、全身をガクガクと震わせる。

思い切り指を締め付けたが、その間も彼の動きは止まらない。深く差し込んだ指は奥を擦り、溢れ出す愛液が残らず舐め取られていく。

更なる高みに押し上げられ、断続的な痙攣《けいれん》を起こしながら、エマは床に敷いた天蓋の布を力いっぱい握り締めていた。

「っは、ぁ…、あ…」

間もなくして、一気に身体から力が抜け落ちていく。

自分の身に起こったことを、まだよく理解出来ず、肩で息を弾ませながら呆然としていたが、これが快感だということだけは何となく分かった。

「あ…ん。や、カイル、苦し…っ」

けれど、なおも続けられる愛撫にエマは戸惑いの声を上げる。

身体中が敏感になっていて過剰な反応をしてしまう。少しでいいから休ませて欲しいとカイルの髪を引っ張り、苦しいほどの刺激に涙を零した。

すると彼は息を乱しながら身を起こし、エマの両脚を抱えながら伸し掛かってくる。

鎖が擦れ合う音が響き、一瞬現実に戻りかけたが、激しい欲情に濡れたカイルの瞳に呑み込まれそうになった。不意に身体の中心に押し当てられた熱に目を移すと、彼の隆起した男性器が今にも挿入されようとしていた。

「すまない、エマ。もう我慢が出来ない…っ」

「あ、ぁッ」

脈打つ熱に入り口が押し広げられていく。

初めて見た彼のものは、とても入るとは思えない大きさだった。

それなのに、ほとんど痛みを感じることなく、どんどん中に入ってくる。エマはその光景に言葉にならない声を上げ、ただ目を見張っていた。

「あー…ッ！」

ところが、半分ほど入ったところでカイルは一気に腰を進めてきて、いきなり最奥を突かれた衝撃でエマは弓なりに背を反らし、掠《かす》れた嬌声を上げる。

それを宥めるように彼は何度も口づけ、エマの身体を強く抱き締めた。そっと頭を撫でられると心地がよくて、僅かずつではあるが力が抜けていった。

「エマ、君のいいところ、この辺りで合っているか？」

「あっ」

奥の方をゆるゆると擦られ、エマはびくんと肩を揺らした。

それを見て彼は目を細め、次々と色々な場所に手を伸ばす。

「あとは首筋、胸…。それから、この小さな突起も」

「ひぁ…っ」

「凄いな。中がうねった。他にもあるのか？　どこをどうすれば感じる？　エマの全てが知りたい」

「言われても分からな…、あ、ああっ！」

カイルは緩やかに腰を前後しながらエマの首筋に舌を這わせる。

右の指先は胸の蕾を、左の指先は二人が繋がった場所の少し上にある突起を擦っていた。

そんなに色々されては、おかしくなってしまう。与えられる快感に、エマは内股を震わせて身悶えするばかりだった。

「――う」

少しして、カイルは低い呻き声を漏らす。

動きを止めて息を詰め、エマの胸に顔を埋めた。

「……そんなに締められたら持たない」

「だ、だって」

「ああ、分かっている。初心者同然のくせに調子に乗りすぎた」

カイルはそう言って苦笑を浮かべる。

くすりと笑って首を傾げると強く抱き締められ、何度も口づけを交わした。

ああ、何て幸せなのだろう。こうしているのが夢のようだ。

今抱き合っているこの一瞬一瞬が愛しくて堪らなかった。

「あ、あぁ…っ！」

ゆるやかだった律動が徐々に速くなり、浅く深く抽送が繰り返されていく。

それと共に彼を繋ぐ鎖が激しく鳴ったが、それを気にする余裕はなかった。

お腹の奥が切なくなり、先ほどのような快感が迫《せ》り上がってくる。

互いの乱れた息づかいと喘《あえ》ぎ声、ぶつかり合う肌の音、繋がった場所から漏れる卑猥な水音。それら全てが混ざり合い、冷えた部屋の温度を僅かながら上昇させていく。

「エマ…ッ、もっと君が欲しい！」

「ああっ、カイルッ」

胸の頂を親指で転がされ、手のひら全体で揉みしだかれる。

身を捩らせると片足だけ大きく開かされ、角度を変えて激しく奥を突かれた。

それがエマの弱い場所ばかりに当たるものだから、どんどん追い詰められていく。その苦しいほどの快感から逃れようと無意識に身を捻っているうちに、いつしかうつ伏せに近い体勢になっていた。

「あ、ああっ、あ…ぁっ！」

自然と後ろから突かれる恰好となり、エマは喉を反らせて喘いだ。

後ろから抱き締められて彼の熱い息が首にかかる。びくびくと肩を震わせると、首筋から肩口までに唇を押し付けられ、そのたびに所有の印が増えていった。

「エマ、エマッ」

「は、あぁッ、カイル、もう…っ」

エマは内股を震わせながら、後ろから抱き締める彼の腕にしがみついた。

指や舌で与えられたものより遥かに強い快感で、とても太刀打ちが出来ない。

恥じらいよりも、一時でも長く彼と繋がっていたいという思いが強いからだろうか。こうして抱き合うのは久しぶりなのに、明らかに前とは違っていた。

間断なく続く抽送で次第に目の前が白くなっていく。襲い来る快感に、今はただ身を任せようと思った。

「ん、あ、ぁ…ッ、あぁ、や、あ、あぁ、あぁああ——ッ」

そうして目の前が白くなる感覚の中、エマは絶頂に身悶えた。

抱き締める腕と息づかい、繋がった場所の熱。その全てで愛しい人の存在を感じ、気が

遠くなるほどの幸せな瞬間だった。

「好きだ。好きだ、好きだ。エマ、他に浮かばない…っ」

熱っぽい囁きに振り向くと唇が重ねられた。

更なる快感が訪れ、断続的に起こる痙攣で一層彼を締め付けると、カイルは苦しげに息を乱して微かな喘ぎを漏らす。

激しい律動は勢いを増して深く強く突き入れられ、骨が軋《きし》むほど抱き締められた。

やがて彼はビクッと全身を震わせ、僅かに呼吸を止める。

その直後、最奥で吐き出された精がじわりと広がるのを感じ、エマは彼が自分の中で果てたことを知って胸がいっぱいになった。

「あ…、あ、…は」

「……ッ、ああ、エマ……」

果ててなお続いていた律動は次第に緩やかになり、カイルは大きく息をつく。

その後も彼はキスを繰り返し、抱き締める腕の力を緩めない。

熱を孕んだ身体は一時も離れたくないと言っているようで、エマは脱力しながらも出来る限りその想いを返そうと自分からも彼に唇を寄せた。

そうしているうちに少しずつ息が整い始め、カイルは繋げた身体を離してエマを上向かせる。ぼんやりと彼を見上げるとまた顔中にキスが降ってきた。

「かわいいな。あまりに愛しくて、抱きつぶしてしまいそうだ」

「カイ、ル…」

「ところで、今さらの話だが、夢中になりすぎてベッドがあることを忘れていた。こんな場所では痛かったろう？」

「え？　あ…、本当ね。でも、少しも気にならなかったわ」

すまなそうな彼の言葉にそう答えると、互いの額をくっつけてクスクスと笑い合う。

確かに床は固いが二人がいる場所には絨毯が敷いてある。その上に天蓋の布を敷いてくれたのと、それが厚い生地だったから気にならなかったというのもあるだろう。

しかし、エマもベッドの存在を完全に忘れていたので、そんなに夢中になっていたなんてと今さらながら気恥ずかしくなった。

「エマ、私の腕の中においで」

「うん」

カイルに抱き起こされ、エマは彼の胸に頬を押し当てた。

その瞬間、ジャラ…という金属音がして、ビクッと肩を震わせる。エマは眉を寄せ、カイルにつけられた首輪から伸びる鎖にそっと触れた。

「……これを外すにはどうしたらいいの？」

鎖は部屋の壁から伸びていて、持ってみると結構な重さがあった。

こんなものを四六時中つけられては辛いだろう。エマは唇を噛み締め、その鎖をぐっと握り締めた。

「鍵が必要だ。恐らくアイザックが持っているんだろう」

「じゃあ、次にここに来た時に襲いかかるというのはどう？　幸い私の身体は自由だから、不意をつくことが出来るかもしれないわ」

「だめだ。そんなことはさせられない」

「どうして？」

「失敗すれば君も繋がれかねない。私と同じ目には遭わせたくないんだ。無茶なことはしないでくれ」

「……だけど」

「大人しくしていれば、しばらくはこれまでどおり食事や水も運ばれるだろう。アイザックは野心家だが小心者なところがある。私のことは死んで欲しいと思っているが、自ら手を下すのは気が引けているようだ。想像するに、この一年はあいつの手で私が殺されるのを待っていたのだろう。やろうと思えばとうに殺せただろうに、それが出来ていないのだからな」

カイルはそんなことを淡々と分析している。

自身の命がかかっている問題なのに、どうしてそんなに冷静に考えられるのだろう。

驚きを隠せなかったが、言われてみれば確かにそうかもしれないとエマは感心して頷いた。

「じゃあ、今まで食事は誰が？」

「ルカが…」

「ルカ？　彼はルカというの？」

「……ああ」

カイルは目を逸らし、小さく頷く。

そうか。あの男はルカというのか。

そんなことを考えながら、カイルを見つめる。食事を摂っていたから今も生きているのだろうが、今の彼は以前より痩せてしまっていて、まともに食べていたとは思えなかった。

「ルカはちゃんとあなたに食事を運んできた？」

「……時間の感覚がなくて、まともに運ばれていたのかどうかは分からない」

「だって、お腹が空くでしょう？」

「考えないようにしていた」

その様子が想像出来て、エマは唇を噛み締めた。

完全に人の尊厳を無視した行動だ。気まぐれに食事を与え、ここまで傷がつくほどの一方的な暴力を与える。家畜相手でもそんなことはしない。一体何がルカをそこまで残酷にさせるのかは知らないが、こんなことを正当化出来る理由にはならないはずだ。

「ああ、そんな顔をするな。かわいい顔が台無しだ。あいつの暴力など本物の拷問に比べればたいしたことはない。その手の者にやられれば、こうして動くことも出来なかっただろう。鞭打ち一回で肉が裂けるほどだと聞くからな」

「だからって、そう長く耐えられるものではないわ！」

エマを安心させようとしてか、彼は気休めのようなことを言う。

それを涙目で否定すると、カイルは目を細めてエマの涙を指で拭った。強く抱き締められて、そのまま抱き上げられる。

「どうだ。なかなかの筋力だと思わないか？　暇だったから、時々身体を動かしていたんだ。……しかしエマ、ちょっと痩せたんじゃないか？　前はもう少し重かった気がする」

「カイルほどじゃないわ」

「そうか？」

「もう…っ。傷は？　痛むでしょう？」

「忘れたよ」

「あっ」

エマはベッドに下ろされるなり組み敷かれていた。

伸し掛かるカイルの瞳は、いつの間にか欲情に濡れている。

何をしようとしているかなんて、今さら考える必要もなかった。

「……あとでちゃんと手当てをさせてね」

そう言ったが、彼は曖昧に笑うだけで答えない。

その顔がやけに切なく感じて胸が痛かった。

消耗しきった身体。細い腕。痛みだって無いはずがない。

もしかして、カイルはもう未来など見ていないのだろうか。この瞬間しか見ていないように思えてならなかった。

「エマ、ずっとこのままでいようか」

再び深く身体を繋げ、カイルはぽつりと呟いた。

「っは、…あぁ」

眼差し、表情、しなる筋肉の動き、その全てで命を燃やしているようだった。

ジャラ…、冷たい金属音が部屋に響く。

何度も何度も響いていた。

切なくて愛しくて、軋むベッドの上で彼を抱き締めながらエマは密かに涙を流す。

彼が燃え尽きてしまったら、その魂を見失わないうちに追いかけよう。

そう堅く心に誓いながら、ただひたすら互いの熱を求め続けた──。

# 第四章

エマが隠し部屋に閉じ込められてから三日が経過していた。

何も知らないオリバーは、突然消息を絶った妹の所在を見つけるため、あれからずっと王宮に泊まり込んでいる。

両親にはまだ何も伝えていない。

どう説明すべきか悩んでいるうちに、刻々と時間が過ぎてしまっていた。

「一体何が起こっているんだ⁉」

憤りを隠さず壁を叩き、オリバーは部屋から出る。

広い王宮の廊下を早足で歩きながら、進展のない日々に歯噛みした。

おかしなことは他にもある。エマが消息を絶ったのと同時にカイルも見かけなくなったのだ。

何度か部屋を訪ねてみたが誰も出てこない。こっそり中の様子も確認してみたが、人の気配は感じられなかった。

執務中のアイザックを摑まえて問いかけてみたものの、『殿下の所在は知っているがエマ殿のことは分からない。こちらも捜してみる』と適当な返事をされた。どうも信用出来ないという印象を持ったが、すぐに忙しくどこかへ行ってしまったので、それ以上は食い下がることが出来なかった。

そのうえ、オリバーには他にも頭を悩まされていることがある。

エマが行方不明になった夜、密かにエドガルドからある頼みごとをされたのだが、それが国を揺るがしかねない内容だったのだ。その話に関しては現在調べを進めていて報告待ちの状態だが、場合によっては大きく動かなければならなくなる。

「隊長、オリバー隊長！」

足早に廊下を歩いていると後ろから声をかけられ、見知った部下の顔にオリバーは少しだけ表情を緩めて立ち止まった。

「どうした」

「例の件で進展があったので報告をしたいのですが」

例の件という言葉を聞いた途端、オリバーは顔を引き締めた。

「では、あの辺りの部屋で話を聞こう」

立ち話で聞くような報告ではない。

慎重に辺りを見回し、ずらりと並ぶ扉を指差すと、その中の空いている部屋に部下を引き連れ入っていった。

「――で、裏付けは取れたのか？」

扉が完全に閉まるのを見届け、オリバーはおもむろに部下へ問いかけた。

「まだそこまでは。ですが、陛下に運ばれる食事に関して、一つ引っかかることが……」

「何だ」

「陛下の食事には、一年ほど前から、〝栄養剤〟と称されるものが密かに混ぜられているようなのです」

「栄養剤？」

思わぬ話にオリバーはごく……っと喉を鳴らす。

しかし、目の前の真面目そうな顔つきの部下に動揺を見せてはいけないと、平静を装いながら傍にあったソファの後ろに回り、その背もたれに寄りかかった。

――つまり陛下の話に信憑性が出てきたということか？

オリバーは腕を組んで眉をひそめ、三日前にエドガルドが語った話を思い浮かべた。

『オリバー、内密で頼みたい。私の病は意図的に引き起こされた可能性がある。その証拠を見つけてもらいたいのだ』

それは突拍子もない話に思えた。

ところが、よくよく話を聞いてみると、病に倒れ、ベッドから起き上がるのが困難になるほど悪化するまでの過程で、王の周辺人物を疑いたくなるような出来事があったことが分かった。

一年ほど前まで、エドガルドには側近と呼べる者が三人と、身の回りの世話をするうえで気が置けない者が十人近くいた。だが、徐々に一人、二人とその者たちがいなくなり、今ではフレッドだけになってしまい、身の回りのことはほとんど彼が一人でやっているという。

実際は代わりに仕える者が用意されているし、体面的には充分な人数が割り当てられている。けれど、誰とも知れないその者たちに身を任せられない理由があった。

今まで傍にいた者の行き先を調べたところ、ある日突然心当たりの無い不祥事を咎められ、エドガルドの前からすぐさま姿を消すように仕向けられ、中には遠方に飛ばされた者もいたことが分かったのだ。

誰の仕業でこんなことが行われたのか。調べようにもエドガルドは病で動けないうえに、フレッド一人では思うようにはいかない。そのフレッドもいつエドガルドの前から消されてしまうか分からず、そんなことを考えているうちに、この病にさえ疑念を抱くようになった。

またエドガルドは、カイルに対しても腹に何か抱えている様子で、今回エマとオリバーを呼んだのは、今起こっている様々な問題を己の命が尽きる前に解決することを望んでいるためでもあったのだろう。

「その栄養剤の成分について分かったことは？」

僅かな沈黙の後、オリバーは部下に問いかける。

そこが肝心なところだが、部下は首を横に振り、「それはまだ…」と答えるに留めて先を続けた。

「ただ、出所は分かりました」

「何？」

「料理長に栄養剤を渡し、それを混ぜるよう指示していた者が」

「誰だそれは」

眼前に迫ると部下は僅かに腰を引き、神妙な顔を浮かべてその名を挙げた。

「アイザック様です」

「…は」

目を見開き、オリバーは言葉を失う。

頭の中に様々な疑惑が渦《うず》を巻いて膨れ上がっていく。

しかし、これはまだ確証には至っていない話だ。オリバーは自身に言い聞かせ、現時点での最善の道を模索すべく考えを巡らせた。

「他に報告は？」

「ありません」

「では、今後は次の二点に重点を置いて行動してくれ。栄養剤の成分の調査を進めること、陛下が口にする全てを我らの管理下に置くことだ」

「口にする全て、ですか」

「そうだ。今、陛下の身の回りのことはアイザック様やその配下の者が仕切っているが、そのアイザック様の指示であろうと聞き入れてはならない」

「は、はい」

「騒ぎ出す者がいるかもしれないが、全て無視していい。この際だから、陛下の身辺警護も仕切らせてもらう。それから、迷った時に周りに誰もいなければ、おまえたちは自分の正義に従えばいい。責任は全て俺が引き受ける」

「り、了解しました！」

オリバーの覚悟が通じたのだろう。

部下は背筋を伸ばして顔を引き締め、完璧な敬礼をして去っていく。

その後ろ姿を見送り、一人部屋に残ったオリバーは心を落ち着けるため、深く息をついた。

――全ては一年前に始まったということか。

落馬したカイルがおかしくなり、間もなく王が病に倒れた。

エドガルドの側近たちが姿を消していったのもそうだし、身近なところでいえば、近衛隊の著しい弱体化もちょうどその頃から始まっていた。

この王国では近年、近衛隊は貴族の嫡男で構成されていたが、現在では大半が平民から選出されている。そのような野蛮な連中にエドガルドやカイルの警護は任せられないという声が王宮内の一部から上がり、王族に対する警護は最近新設された別の部隊が担うようになったため、自分たちは王宮の周辺や都の巡回が主な仕事になっていた。

人数も半減して金もない。まともに武器や馬が扱えない者までいる始末で頭を抱えたが、厳しい訓練に耐えて少しは上達したし、多少は信頼関係も築けたように思う。まだ不安は大きいが、皆が自分を信頼してくれるようになったことが、この一年の成果かもしれなかった。

とはいえ、現状が厳しいことに変わりはない。打開するには、エドガルドの指示で動いている今が最後の機会なのかもしれなかった。

「さしずめ、王家の衰退が狙いといったところか……」

何を調べればいいのか、もう誰に助言されるまでもなかった。

オリバーは頭をガシガシ掻きながら部屋を出ていく。一筋縄でいかない相手だが、それでも動いてみるしかなさそうだった。

「ん？」

部屋を出た途端、オリバーはさっと柱の陰に身を隠す。

カイルとアイザックが肩を並べて歩く姿を視界の隅に捉えたからだ。

——アイザックは本当にカイルの所在を知っていたのか……。そう言えばあの二人、以前は犬猿の仲だったが、最近は随分仲が良さそうだな。

カイルの方は鬱陶しそうにしていて二人の間には温度差があるように見えるが、ああやって肩を並べて歩く姿など前は見たこともなかった。

二人の関係に疑問を感じながら、もしかしたらエマの行方が分かるかもしれないという期待もあり、オリバーは彼らの後をこっそりつけていくことにした。

「……して部屋に戻ってはならないんだ！」

「ですから……、……」

しかし、尾行《びこう》を始めて間もなく、カイルは立ち止まっていきなり声を荒らげた。

どう見ても苛立った様子で、それをアイザックが必死に宥めているといった感じだ。全ての会話は聞こえないが、カイルが自室に戻らなかったのは自身の意志ではないと推測出来る内容だった。

険悪な雰囲気が漂い、カイルは無言で引き返そうとする。

まずい。今カイルに引き返されては見つかってしまう。

柱に隠れていたオリバーは冷や汗を掻きながら、壁と同化すべく直立不動で息を止めた。

「お待ちください殿下！　殿下、決して悪いようにはいたしません！」

「……」

「ええそうです。私は殿下の味方ですとも。これまでもそうだったはず……」

引き返そうとするカイルを追いかけて、アイザックは懸命に宥めている。

それに対する反論は聞こえてこない。

あんな陳腐な言葉で納得したということだろうか。

「さぁ、こちらですよ。本日もとびきりの美女を用意いたしました。そうそう、エマ殿に似た女も……。必ずやご満足いただけることでしょう」

そう言ってアイザックは下卑《げび》た笑いを零してカイルを促す。

返事はなかったが、二つの足音が遠ざかっていったので引き返すのは止めたようだ。

オリバーはほっと息をつき、柱の陰からそっと顔を覗かせる。

廊下の奥の部屋へ入っていく二人の姿が見えたが、程なくしてアイザックだけが部屋から出てきた。扉を閉めると「やれやれ…」と言わんばかりに肩を竦め、彼は一人足早にどこかへ立ち去った。

今の話から推測するに、あの部屋にエマはいないようだ。

それを喜んでいいのか分からないが、ひとまず安心はした。かわいい妹を数多《あまた》いる女の一人にされては堪らない。酷い目に遭わされていたら、平静でいられる自信はなかった。

ひとまずここでカイルの尾行は不要と考え、オリバーは周囲に注意を払いながら廊下を駆ける。

アイザックの動向を探るべく、鋭く目を光らせながら――。

❀　❀　❀

蝋燭が尽きた暗闇の中、カイルとエマはこの三日間、寄り添いながら過ごしていた。

互いの身体を求め合っては眠り、起きてはまた抱き合うことを繰り返す中、二人は様々なことを伝え合った。

エマはエドガルドが病に倒れたことや、カイルの悪評が世間に広まっていること、オリバー率いる近衛隊の現状などを話し、カイルの方は王家に伝わる秘密のこと、ルカとの出会いから今日に至るまでのことをかいつまんで話したりした。

カイルが話をしている時、エマはずっと黙って聞いているだけだった。けれど彼女は零れた涙を何度も拭っていて、暗闇に慣れたカイルの目はその全て捉え、エマの綺麗な涙を見るたびに、少しだけ自分が救われた気がしていた。

そうして話が終わってしまえば、あとはただ互いの身体を貪るか、抱き締め合って眠るかのどちらかしかなかった。

「あっ、あぁっ、ああ…ッ」

うつ伏せになったエマを後ろから抱き締め、カイルは激しく腰を打ち付けていく。

一突きごとに甘い喘ぎを上げながら彼女は中をくねらせ、果てのない快楽をカイルに与える。互いの体液がかき混ぜられる卑猥な音もまた、更なる興奮を誘う糧《かて》となっていた。

「エマ…、もっと欲しい」

「あっ、ん」

耳たぶを甘噛みすると、彼女は切ない吐息を漏らす。

もう何度身体を繋げたか分からない。いくら抱いても飽き足りない。

カイルは飢えを満たすようにひたすら彼女を欲し、いつしか他のことを考えられなくなっていた。

「キスをしたい。エマ、こっちを向いて」

ち付けた。


「あぁッ、カイル、んん…っ」

肩口に舌を這わせながら囁くと、エマは喘ぎながら振り向く。暗闇に慣れた目がそれを捉え、すかさずカイルは柔らかな唇に口づけ、一層強く腰を打ち付けた。


「ん、んぅ…ッ！　っは、あぅ、カイル、私、また…っ」

迫り来る絶頂を訴える彼女の中は、激しくうねっている。

その刺激は幾度となくカイルを絶頂へと導き、このうえない快楽を与えてくれたものだ。

カイルは後ろから彼女を抱き起こし、一旦大きく腰を引いてから下から突き上げると、あとはエマの身体を小刻みに激しく揺さぶっていった。

「ああっ！　は、ぁッ、も、だめ…ッ」

彼女は涙をぽろぽろ流して首を横に振る。

更なる快感を煽ろうと胸を揉みしだき、耳たぶを甘噛みした。

そうすると締め付けは一層強くなり、カイルもまた快感の渦へと呑み込まれていった。

「あっ、あ…ぁ、あ、ああ、や、…ッ、あぁあ——ッ！」

一際甲高い嬌声を上げ、エマは喉を反らせて全身を震わせた。

絶頂に打ち震える断続的な痙攣はかつてないほどの刺激を与えてくれる。

カイルは律動を続けながらその愛しい身体を掻き抱き、果てる彼女を追いかけるようにその最奥で精を放ち、最後の瞬間を迎えた。

「ぁ、…は、……はぁ、はあっ」

苦しげに息を乱すエマの肩に額を押し付け、カイルも激しく息を弾ませる。

欲しがれば同じだけ求め返してもらえるだなんて夢のようだった。

どちらの身体か分からなくなるまで溶け合って混ざり合って、いっそこの瞬間が永遠に続けばいいとさえ思えた。

「ん、はぁ…」

しかし、流石にエマの体力はもう限界なのかもしれない。

腕の中で弱々しく胸を上下させている姿を見て、際限なく求めてしまう己の欲深さを反省し、カイルは繋げた身体を離して彼女をベッドに寝かせた。

「エマ、水を持ってこようか？　それとも何か食べるか？」

「ん、お水だけで。……あ、自分で取りに」

「いいから、そこで休んでいて」

彼女をベッドに残し、カイルは部屋の隅に置かれた銀のテーブルに向かった。

テーブルの上には水差しと籠に入ったいくつかのパンが置かれている。随分前に一度だけふらりとやってきたアイザックが、何も言わずに置いていったものだ。

それ以来、ここには誰も来ていない。ルカが姿を見せることもなかった。

もしかして、アイザックはこれを最後の晩餐のつもりで持ってきたのだろうか。

それとも、二人を弱らせたうえで何かを仕掛ける気でいるのか……。

そんなことを考えながら、カイルは残り少なくなった水差しの中身を確認しながら手に取った。

「エマ、持ってきたよ。飲ませてあげる」

声をかけると微睡《まどろ》んだ様子のエマがうっすらと目を開ける。

カイルは直接水差しに口をつけ、口内に水を含ませてから彼女に口移しで与えていく。

それを美味しそうにゴクゴクと飲む姿は、まるで親鳥から餌をもらう雛のようでとてもかわいかった。

「ん、ん…っ。はぁ…」

「もっと飲むか？」

「ん、ううん。それより……、カイル、傷の具合はどう？」

「平気だよ」

「あまり手当てをさせてくれないから心配だわ。こまめに水を傷口にかけるだけでも少しは違うと思うのだけど」

彼女の言葉を聞きながらカイルはベッドに腰掛ける。

正直に言って傷のことなどどうでもよかったが、エマはしきりに心配していた。

改めて背中に触れてみたところ、ところどころが硬くなっている。どうやらかさぶたになっているようで、時折、皮膚が引きつる痛みを感じる程度だった。

私は結構しぶといらしい。

くせのない彼女の美しい髪に口づけながら、カイルはくすりと笑う。

いつ尽きるとも知れない命と勝手に思っていたが、疲れ果てている彼女の傍で平然と動いているのだから不思議なものだ。エマの存在が自分にこれほどの力を与えてくれているのだろう。

「何をしているの？」

「エマに服を着せてあげようと思って」

ベッドの下に落ちていた彼女の服を取り、カイルは手で埃を払う。

裸のままでいられるよりは、服を着てくれている方が自重出来る気がしたのだ。

不思議そうにしていたエマだったが、腕を上げるように言うと素直に協力してくれた。

他にも下着など細々したものがあったが、それら全てを着せるのは難しそうなのでやめておく。袖に腕を通し、背中のボタンを留めると、それなりの形になった。

「カイルは着ないの？」

「ああ、そうか」

言われて辺りを見回し、ベッドの隅でくしゃくしゃになっていた自分の服を取った。

上衣はところどころ鞭で裂かれてしまって見目が悪い。下だけ穿けば充分だろうとブリーチズに足を通すが、痩せたせいでウエストが緩くなってしまったのが情けなかった。

そんな様子をエマはじっと見ていたが、ふと思いついたように顔を上げる。

「そう言えば、ずっと疑問に思っていたの。一年もこんな状態だったにしては身綺麗というか…。あまり汚れていないのはどうして？」

「身綺麗？」

考えてもみなかった質問に、カイルは自身の身体や着ている服に目を移す。

怪我をした時はともかく、基本的にここは身体が汚れるような場所ではない。汗をかくような室温にもならないので、たまに水で濡らした服で身体を拭いていただけだった。

と、カイルはそこまで考え、もしかしてと思いながら己の頬に手のひらを当てた。

「……私に髭が生えていないことを言っているのか？」

「え？　あ、あぁ…、本当だわ。それもあるのかも……」

「それはアレだ。オリバーを基準に考えるから変に感じるだけで、個人差というものがあってだな。父上も薄い方だし……。要するに、いずれは必ず生えてくると信じている」

遠回しな言い方で髭が生えないことを告白し、カイルは僅かに俯く。

「そ、……ええ、私もそう思うわ」

エマは気を遣ってくれている様子だ。

ぎこちなく笑って頷いているが、本当はとても驚いているに違いない。フローレンス家に泊まった翌朝、一目で分かるほど髭が伸びたオリバーには何度驚かされたことか…。

しかし、生えないものは仕方がないだろう。そんなことをウジウジ考えるのは性に合わない。カイルは答えの出ないことで女々しく悩むのが好きではなかった。

「――ああ、そう言えば……」

考えているうちに、ふと、他にも身綺麗な理由があったことを思い出す。

エマの言わんとしていたのはこのことだったかもしれないと顔を上げた。

「時々着替えを渡されていたな。ルカ自身、自分がここにいた時はそうされていたから、同じことをしていただけだと思うが」

「……それって、ルカは自分がされていたことを無意識にしていたということ？」

「無意識とは？」

「その…、酷い印象しかなかったから、着替えを持ってくるだなんて想像出来なくて……。だけど、そういうことなら少し納得したわ。食事をちゃんと持ってこなかったのは、きっとわざとではないのね。ただ単に思い出した時に持ってきただけなのかも……」

エマは眉をひそめて複雑な顔をしている。

もしかすると、自分の感覚はずれているのだろうか。時々思い出したように服を持ってくるルカのことを、カイルはそんなふうに考えたことがなかった。

考えてみれば、ルカは突然外に放り出された赤子のようなものなのだ。

それが何を意味するのかも分からず、無意識にカイルの行動をなぞっていただけなら、食事や水を持ってくるのは生かすためなどではなかったのかもしれない。空腹がどんなものか、何も食べなければ死ぬということさえ、きっとルカには想像出来ないことだろうから……。

「カイル、黙り込んでどうかしたの？」

顔を覗き込まれてハッとする。

間近に迫る大きな瞳が心配そうにこちらを見ていた。

「ああ、いや。……何と言うか、今さら気づかされたことに驚いていたんだ」

「着替えのこと？」

「それだけでなく――」

と、そこでカイルは言葉を止める。

訝しげに見ているエマを横目に、耳をそばだて神経を集中させた。

「音が聞こえないか？」

「え」

微かに物音が聞こえるのだ。

通路の方へ目を向けると灯りが漏れ、足音が近づいてくる。

明らかな人の気配を感じ、カイルはすかさずエマを抱き寄せた。

「これはこれは。相変わらず仲睦《なかむつ》まじいことで」

不意にしゃがれた声が部屋に響く。

通路と部屋の境で燭台を手に持ち、こちらを見て笑うアイザックが立っていた。

他に人の気配がないのが気になるが、意図があって姿を現したのは間違いないだろう。

「そのように警戒しないでください。別に取って食おうと思っているわけではありません。今日は少し話をしようとやってきただけなのですから」

「話、だと？」

「ええ、決して悪い話ではありません」

アイザックはにっこり笑って頷いている。

相変わらず嘘くさい笑顔だと思いながら、カイルは話の続きを促した。

「私も胸が痛いのですよ。あれほど好き合っておられた二人を離ればなれにしてしまったこと……、ええ、この一年、悩みに悩み抜いてきました。そこで一つ思いついたことを提案させていただけないかと」

「……言ってみろ」

どうせたいした内容ではないだろう。

そう高を括って耳を傾けていたが、アイザックの提案は予想だにしないものだった。

「もしもこの一年を忘れるとお約束いただけるのであれば、都から遠く離れた田舎町で、ひっそりと二人で暮らせるように手配をいたしましょう」

「……っ!?」

「多少の制限はありましょうが、これまでのことを思えば天と地ほどの差があるとご理解いただけるはず……」

言いながら、アイザックが近づいてくる。

カイルとエマは顔を見合わせたが、二人とも無言だった。

いきなり甘い話を持ち出されても信用出来ないのは当然だ。ルカとの入れ替えの首謀者はこの男なのに、そんなことを本気で言っているとは思えなかった。

「――あ」

ところが、アイザックは近づいてくる途中でいきなり前のめりに倒れ込んでしまう。

何かに足を引っかけたのかとも思ったが、そういう雰囲気ではなかった。

持っていた燭台が転がり、周囲の床を蝋燭の炎が照らした。

それを大きな足がグシャッと踏みつぶす。

すぐさま部屋は暗闇に戻ってしまったが、この暗さに慣れているカイルの目は難なくその正体を捉え、すかさずベッドから立ち上がった。

「アイザック、やはりおまえは私を騙《だま》す気だったのだな」

冷たい眼差しのルカが、アイザックの背をブーツの踵《かかと》で踏みつけていた。

「う、うぅ…、殿下…ッ。話、をッ、これにはワケ、が…ッ」

「黙れ。この古狸が！　この二人をどうするか、決めるのはおまえではない！　何様のつもりだ!?」

「ち、違…」

ルカは忌々しげに顔を歪めながら、恰幅のいいアイザックを蹴りつけていく。

その眼差しは獰猛な獣のような苛烈さを持ち、言い逃れに対して聞く耳を持つ様子は微塵もなかった。

「おまえは私に言った。犬のように飼われて可哀想だと。忌むべき子供だった、本来は殺される運命だったとそう言った！　しかし、おまえはこうも言った。カイルが手にしているものこそ私が手にするべきものだ。私こそが王に相応しい、飼われるのは私ではない、その手助けをさせて欲しいと！　それなのに、どうしておまえはいつも薄ら笑いを浮かべている？　好きなように振る舞う私を宥めた振りをして何を思っていた？　女さえ与えておけば言いなりになると思ったのだろう!?　勘違いするな、おまえなど便利だと思ったから利用してやっただけだ！」

ルカは激昂しながら容赦なくアイザックを痛めつける。

少しでも攻撃から逃れようと丸く屈めた身体に、ルカのブーツの踵が脇腹や背中など至るところに容赦なくめり込み、そのたびに潰れた呻き声が聞こえてきた。

唐突な暴力性を目の当たりにしたエマはぶるぶると震えている。せめてそんな光景を見ずに済むようにと、カイルは彼女を腕の中に閉じ込めた。

「はあっ、はあ…ッ、……、おまえたち、何をしている？」

ルカは執拗にアイザックを攻撃していたが、不意にカイルたちに顔を向ける。

抱き締め合う二人を見て拳を握り、ギリ…っと歯噛みしながら大股で近づいてきた。

「離れろ！　その女も私のものだ！」

「きゃあっ」

「やめろ！」

エマを奪い取られそうになり、カイルは咄嗟にベッドの上からルカに飛びかかった。

二人して床に転がって、その勢いのまま身体を押さえ込もうとした。

「エマにだけは絶対に手を出させない！」

「う…、るさい…ッ！　私に逆らうな!!」

しかし、ルカは目を剥いて怒りを露わにするや否やカイルの首に手を伸ばす。

ルカの手は迷わずカイルの鎖を掴み取り、躊躇なく横に引っ張った。

「——ッ!?」

その拍子にカイルの首が絞まり、為す術もなく床に引き倒されてしまう。

「げほっ、ゲホ…ッ！」

「カイル！　…ッ、や、放して！」

喉を押さえて咽《む》せていると、エマが悲鳴に近い声を上げた。

振り向くと彼女はルカに抱き上げられ、その腕から逃れようともがいている。

エマが奪われてしまう。

蒼白になったカイルは急ぎ起き上がろうとしたが、エマを抱えたルカは、その前にベッドを飛び降り通路に向かって走り出す。

「待て…ッ！」

僅かに遅れながらも、カイルは二人を追いかけた。

だが、首を絞められた影響か、突然目の前がぐらつく。足をよろめかせ、膝をついてしまいそうになり、まっすぐ追いかけることが出来ない。

「放して！　あなたとは一緒に行かない！」

そこで気丈なエマの声が聞こえ、カイルはぐっと足を踏ん張った。

彼女はルカの腕の中で手足をばたつかせて逃れようと必死だった。助けなくてはと歯を食いしばり、距離の感覚さえ摑めない状態で彼女に手を伸ばした。

しかし、ふと目に入ったルカの表情が先ほどまでと全く違うことに気づく。暴れる彼女を腕の中に閉じ込め、とても熱っぽい眼差しで笑みを浮かべていたのだ。

全身がゾワゾワと粟立ち、膨れ上がった憎悪で総毛立った。

彼女の傍でそうして笑っていいのは自分だけだ。

カイルはルカに殴りかかろうと大きく足を踏み出した。けれど、移動出来る限界を超えた鎖はぴんと張り、それ以上進むことを許さない。

振り下ろした手は僅かにルカの服を掠っただけで、何の役にも立たなかった。

「エマ、おまえは不思議な女だ。どうしておまえには私とカイルの違いが分かった？　皆、私をカイルだと思って喜んで抱かれる馬鹿な女ばかりだった」

「そんなの…っ」

「おまえに似た女も抱いてみたが、反応は他の女たちと同じだった。おまえだけが違う。私を間違えない。私を私だと思って見ている」

「や…ッ、くる、しぃ」

ルカはエマをきつく抱き締めると、一瞬だけカイルに目を移す。

「――これはとても特別なものだ」

「……ッ！」

ニヤリと唇を歪め、ふいっと顔を背けるとルカはエマを連れて再び走り出す。

嫌がるエマの声が隠し扉を抜け、徐々に遠ざかっていく。

それさえもすぐに聞こえなくなり、瞬く間に二人の気配が感じられなくなった。

「う、うぅ…っ、これはいかん。あの二人を近づけては、この一年が無駄に……」

直後、散々踏みつけられて大人しくなっていたアイザックが、よろめきながら立ち上がった。

彼は酷く慌てた様子で、ここにいるカイルなど見向きもせずに二人を追いかける。どこまでも強《したた》かな男だ。気絶した振りをして嵐が過ぎるのを待っていたのだろう。

その姿もすぐに見えなくなり、部屋には身動きの取れないカイルだけが取り残される。

繋がれた鎖を手に取り、カイルは呆然と後ろを振り返った。

「……な、んで…だ？」

これより先はおまえの活動領域ではないと冷たく拒む鉄の拘束。

どんなに強く引っ張ろうが、びくともしない。

どうしてこうなる……？

さっきまでエマは傍にいたのに。

まだ温もりを覚えているのに、この鎖が何もかもを奪い取っていく。

いくら腕を伸ばしても、もう届かない。

どうあっても取り返せない。

怒りと哀しみで血が沸騰《ふっとう》しそうだった。

「あああぁあ――っ!!」

カイルは絶叫しながら喉を掻きむしる。

もう嫌だ。外に出たい。

陽の当たる場所を歩きたい。

エマと共に生きていきたい。

何もかもを忘れろというならそうしてもいい。

もう二度と王子として生きられなくとも、エマがいてくれればそれでいい。

どこかひっそりとした田舎で暮らそう。二人で生きていこう。きっと出来るはずだ。

夢のような光景を思い描きながら首輪を引っ張り、カイルは叫び続けた。

エマは私が見つけたんだ。私だけを愛してくれる人だ。誰にも渡したくない。幸せにすると誓った。彼女といると幸せなんだ。

取れない首輪に苛立ち、今度は鎖を引き千切ろうと力の限り引っ張った。

このまま闇に溶けて死んでいくのは嫌だと銀のテーブルを持ち上げ、鎖に目がけて叩き落とした。

それでも鎖は切れない。

他に何をすればいい？　ベッドを落とせばいいのか？

今なら何でも出来る気がして、カイルはベッドに駆け戻ろうとした。

「そこにいるのは…、誰だ…っ？」

するとその時、隠し扉の向こうから躊躇いがちな声がかかった。

カイルは肩で息をしながら動きを止め、通路側に目を向けた。

今のは幻聴か？　熱くなりすぎた頭の芯が僅かに冷えて、ぶれた思考が少しだけ元に戻った。

「おい、返事をしろ」

無言でいるとチラチラと灯りを向けられ、もう一度声をかけられる。

慎重な足音にカイルはごく…っと喉を鳴らした。

少しずつ灯りが近づき、カイルの上から下までを照らし出す。向こうはまだ人影を確認した程度のようだが、カイルの方は既に己の目でしっかりと相手を捉えていた。

「オリバー…？」

「……ッ」

ビクッと影が揺らめいて、息を呑む気配がする。

上下に振りながら照らしていた灯りがカイルの顔の辺りでピタリと止まり、慎重だった足音が大きく速くなっていく。その様子をじっと見ていると、すぐ傍まで近づいた影に肩を摑まれ顔を覗き込まれた。

「嘘だろう!?」

意志の強い眼差しが懐かしい。

ああ本物だと、幻聴でなかったことにカイルは胸を撫で下ろした。

「まさか、こんなことが……っ」

オリバーは肩を摑む手にぐっと力を込めて声を震わせている。

「カイル…ッ、おまえ…、こんなところにいたのか…ッ！」

その一年ぶりの親友の困惑に、カイルは目を細めた。

取り残されたわけではなかった。

自分を見つけてくれる人がいるという現実が、言い尽くせないほどの力を与える。悔しげに涙を流す彼の様子を見て、まだ自分は正気でいられると思った。一国の王子としても、一人の男としてもまだ足掻かなければいけないのだと思った。

カイルは大きく息を吸い込み、意を決してオリバーの腕を摑んだ。

「頼む。手を貸してくれ。ここから出たいんだ」

「……ッ、ああ！」

オリバーは目を見開いたが、すぐに頷いてくれた。

悠長に再会を喜んではいられない理由を彼も分かっているのだろう。

このタイミングでやってきたということは、ルカがエマを連れ去る姿も、それをアイザックが追いかける姿も目撃していたはずだ。

本当はそれを追いかけようとしていたのだろうが、カイルがあんまり暴れていたから彼はここにやってきた。性格上、その不審な音の正体を突き止めずにはいられなかったに違いない。

『もしもということがあるだろう？　足掻けば起死回生があるかもしれないじゃないか』

カイルの頭に、いつかオリバーが言った言葉がふと蘇った。

あれはチェスをした後だっただろうか。負けが分かっていながらも投了しない理由を、オリバーはそんなふうに言っていたことがある。

全くそのとおりだと思った。

足掻くことさえ止めたら、今の自分はなかった。

「首輪は…、すぐには外せないな。こっちを切断するしかないか」

オリバーは首輪を確かめながらぶつぶつ呟いている。

その様子を見て、カイルは全て彼に任せようと思った。賛同の意味を込めて床に横たわって頷いてみせると、オリバーは自身の腰に差した剣を抜き、切っ先を鎖の輪の中に突き入れた。

「いくぞ」

首から数十センチほど先で断ち切られようとしている鎖が、微かな軋みを上げる。

オリバーがぐっと腰を深く落として足を踏み込むと、床に突き刺さった鋭い刃が鎖を捉えた。

片方はカイルの首に残り、一方は拘束する獲物を失い、無機質な音を立てながら床を跳ねて止まった。自由を阻み続けたそれが二つに分断されるのは一瞬のことだったが、重い枷が外れたその瞬間、カイルの世界は現実の色を取り戻していく。それと共に自身の身体がとても軽くなったように感じていた。

「今はこれで我慢してくれ」

「……充分だ」

「カイル、その身体で本当に動けるか？」

立ち上がってすぐにでも走り出そうとしたが、背後からそんな問いかけが聞こえた。

きっとこの痩せた身体や無数の傷を気にかけてのことだろう。

だが、他の誰にも任せられない。たとえどんな結果になろうとも、この始末は自分でつけねば終わらないのだ。

「オリバーが思うより、私はしぶとい人間なんだよ」

そう答えるとオリバーは小さく笑った。

「分かった。……だがカイル、俺はすぐには追いかけられない。おまえとよく似たあの男との関係を、俺にはまだ想像することしか出来ないが、おまえが絶望的な悪夢を見続けていたことだけはよく分かった。ならばそれを早く終わらせるために、俺にもすべきことがあるんだ」

逸る気持ちを抑えられず、隠し部屋を抜けようとするカイルに向かって、強い眼差しでオリバーが言った。

足を止めて振り返ると、オリバーは頭をバリバリと掻いて息をつき、懐からおもむろに何かを取り出す。カイルがそれを訝しげに見ていると、手を掴まれてそれを強引に握らされた。

「用が済むまで待てと言っても、どうせ聞けやしないだろう？」

「…ああ」

「だから敢えてこれを渡しておく」

そう言われて開いた手の中には、サファイアの指輪があった。

これはエマに贈った母の形見の指輪だ。カイルは目を見開き、それを凝視した。

「ここへ来て、ちょっとした事故みたいなものがあって、エマの手からその指輪が離れてしまったんだ。ああ、誤解しないで欲しい。エマは自分の意志でそれを手放したことは一度もなかった。この一年、誰が何を言っても片時も離さず持ち続けていたんだ。我が妹ながら頑固で、そして頭が下がるほどの一途さだよ」

「……」

「なぁ、カイル。これで無茶出来なくなったろう？　おまえには未来があるんだ。それを大事にしなければいけない。……分かるな？　俺もすぐに追いかけるから、早まった行動だけはするなよ」

こんなタイミングで何てことをするんだ。

こみ上げるものを抑えながら、カイルは指輪を握り締めて額に押し当てた。

「……善処する」

「よし。――と、それから念のために言っておく。既にこの部屋を出たところで居合わせた部下にはエマたちを追わせている。アイザックもだ。ただし、彼らは何が起こっているか、まだ分かっていない。誰が敵かということもだ」

「ああ、肝に銘じておく」

「あと、これを着ていけ。その恰好は目立ちすぎる。多少は違うだろう」

言いながらオリバーは着ていた上衣を脱いでカイルに手渡す。

今のカイルは上半身裸で首輪付き。おまけに身体には拷問の痕まである。

これが一国の王子だなどと誰も思わないだろう。

「まるで囚人の脱獄だからな」

言わんとすることを代弁すると、オリバーは「そういうことだ」と苦々しく笑った。

手渡された上衣に袖を通しながらカイルも苦笑を浮かべる。これは近衛隊の制服だ。確かに多少の目くらましにはなるだろうと思った。

「健闘を祈る」

どちらからともなく声を掛け合い、二人とも無言で頷く。

そっと部屋の扉を開けて周囲の様子を確認して、人の気配がないことを確かめてから外に飛び出した。そこで二人は別々の方向に走り出し、あとはもう振り返ることなく互いの目的に向かって進んでいった――。

❀　❀　❀

一方その頃、ルカに連れ去られたエマは、何故か二人で王宮を走り回るという理解不能な事態に陥っていた。

「はぁ…っ、はあっ、はあッ！」

はっきり言って、この行動の意味はエマには全く分からない。

ルカは行動に一貫性がなく、あちこち彷徨っては引き返したりの連続なのだ。

一度だけどこかの部屋に連れ込まれたが、そこに人がいると知るや否や、彼はすぐに廊下へ出てしまった。

それ以降は、他の部屋にも入ろうとしない。目的もなく、ただ闇雲に走り回っているだけなのか、それとも向かいたい場所があるのか…。どちらにしても彼の考えはエマには計り知れないものがあった。

「ここはどこも騒がしい…ッ。何故こんなに人がいる?」

ルカは今さらなことを呟き、足を止めて左右の廊下を見比べている。

やっと少し息が整えられると思ったのも束の間、すぐさま右の廊下に向かって手を引っ張られた。

「や…っ、まって…ッ、もう息が…ッ、っは、はあっ、はあ…ッ」

どんなに強い力で引っ張られようが、体力の差は歴然としているのだ。

男の足についていくのは、そう容易《たやす》いことではないのに、そんな当たり前のことさえ、ルカは気がつかないようだった。

「あっ!」

角を曲がったところで、エマは足がもつれて転倒してしまう。

王宮に来てからこんなことばかりだ。

手は引っ張られて痛いし、膝も擦りむいて血が出ている。泣きたくなどないが、この訳の分からない状況で涙腺が緩みそうだった。

「……仕様のない」

そんなエマを見てルカは溜息をついている。

そのうえ手間をかけさせるなと文句を言われ、むっとしているといきなり抱き上げられた。

「おい、そこのおまえ！」

「っは、は…ッ、カイル殿下！」

「おまえ、馬を用意しろ。今すぐにだ」

「は、はいっ!!」

ルカは巡回中の兵に突然そう命じると、窓の外に目を向けた。

——馬ですって？　まさか王宮から出るつもりなの？

エマは眉を寄せ、ますます彼の考えが分からなくなっていく。

そして、慌てて外へ向かう兵を見てルカも同じように走り出す。どうやらここで待っているという考えは無いようだ。追いかけられる兵は驚いた様子だったが、急ぎの用だと理解したらしく更に足を速めて厩舎へ向かった。

「ここで少しお待ちください」

厩舎の前まで来ると、兵はそう言って一人で中へ入っていく。

馬を連れてくる気でいるのだろうが、エマは内心ヒヤヒヤしていた。

既に夜が更けて外は真っ暗だ。このまま王宮の外に連れ出されたら、更なる窮地《きゅうち》に追い込まれる気がしてならなかった。

エマは緑が生い茂《しげ》る厩舎の周辺を見て、必死に逃げ道を探す。隠れる場所ならそこかしこにあるが、運良くこの腕をくぐり抜けられたとしても、すぐに捕まる恐れがあった。散々連れ回されて、もう逃げる体力なんてほとんど残っていないのだ。せめてもう少し回復しなければ、まともに走ることさえ出来そうにない。

それにしても、ルカは何を思ってこんな行動をとっているのだろう。

ここに来るまでの彼の動きを思い起こしながら、エマはふとある疑問を抱く。

もしかして、ルカは人が苦手なのかもしれない……。

そう言えば、人が多いことに対して不満を持っている様子はあった。部屋に人がいると分かった途端、他の部屋にも入ろうとしなくなったのは、見知らぬ人間に対する警戒心の表れなのかもしれない。

考えてみれば、彼はずっとあの隠し部屋で生きてきたのだ。もしかすると、外に出たはいいが、王宮での生活にずっと順応出来ずにいたのではないだろうか。

そうだとするなら、オーケストラの演奏をうるさいと言って止めさせた理由も分かる気がする。身の回りの世話をする人間に暴力を振るい、次々辞めさせたという噂に関しても、見知らぬ者にうろつかれることを嫌がった結果なのかもしれない。

本人はそれを自覚していないかもしれないが、そこから活路を見出せないだろうか。

時間稼ぎになるか分からないが、エマは意を決してルカに話しかけることにした。

「ルカ、ここから出てどこへ行くというの？　外は王宮よりも人で溢れているのよ。あなたの求めるような場所がそう簡単に見つかるとは思えないわ」

「何？」

「だから、ね？　考え直して。そして、色々なことをもう一度よく考えてみて欲しいの。あなたにとってカイルはそんなに酷い人だった？　一緒に笑い合ったこともなかったの？　楽しいことは少しもなかった？　あの部屋には悪い思い出しかなかった？」

「……何を言っている？」

「大事なことよ。あなたにとって本当に信用出来る人は誰？　全て鵜呑みにするほどアイザックは信用出来る人だったの？　そうじゃないって、あなたは知っているはずよ。アイザックが悪く言っていたカイルはどんな人だった？　あの部屋からあなたを出せずにいることを、彼が苦しんでいなかったと思う？」

問いかけるたびにルカは瞳を揺らめかせて僅かな動揺を見せていた。

少しは考え直してもらえる可能性があるのだろうか。

だが、そう期待を抱きかけたのも束の間、ルカはエマを強く引き寄せ声を荒らげた。

「おまえはカイルの味方をするのか!?」

「……当たり前じゃない」

「何故だ!?」

「だって私はカイルを知っているもの。あなたが彼と出会う前から見てきたわ。カイルは自分の意見を人に押し付けたりしない。多少強引なところがあっても、相手の心をちゃんと理解しようとする。だから分かるのよ。あなたと仲良くしようとすることがあっても、カイルは絶対に理不尽なことをしないって……ッ！　私はね、あなたとカイルを見分けたんじゃないわ。愛した人の痕跡をあなたの中に見つけられなかっただけよ！」

「な…っ」

エマの言葉にルカは目を見開く。

次々に畳み掛けるように言ってしまって、激昂させやしないかとは思ったが、どうしても止められなかった。

ルカの境遇には同情の念を禁じ得ないが、彼は寄り添おうとしたカイルの身も心も傷つけた。信じるべき人を裏切ったことをルカは気づきもしていない。そのことが何よりも許せなかった。

「カイル殿下、馬を連れて参りました」

が、その時、意気揚揚《いきようよう》と兵が厩舎から馬を連れてきた。

目の前に連れてこられたのは、黒く美しいカイルの愛馬だ。

相変わらず毛艶がいい。この一年の間も大切に扱われていたのが分かるようだった。

しかし、もう連れてきてしまったのかとエマは落胆する。逃げ場も探せないままでは時間稼ぎにすらなっていない。説得はしてみたものの、ルカが考えを変えた様子はなく、エマを手放す気配もなかった。

「馬…？」

ところが、ルカはその馬を呆然と見上げている。

用意しろと言ったのは彼なのに、明らかに戸惑っている顔をしていた。

「殿下？　いかがなさいましたか」

「……いや」

ルカは眉をひそめて二歩ほど後ずさったが、問いかけにすぐさま首を横に振った。

まるで平静を装っているような不自然さだ。疑問を感じていると、彼はエマの手を摑んで地面に下ろした。

その横顔はやけに強張っていて、手も湿っている。

ごくっと喉を鳴らした音も聞こえ、ただならぬ緊張を感じた。

「あなた、まさか馬を扱えないんじゃ……」

小さく言うと、ルカはカッと目を見開いて握った手に力を込める。

ああ、やはりそうなのだ。

ルカは馬車で移動するつもりで馬を用意しろと言ったのだろう。

だが、兵が勘違いするのも無理はない。カイルは自身の愛馬を移動手段に使うことの方が多い人だった。

この一年、ルカはほとんど王宮から出ることなく、部屋に籠もって女たちと遊んでばかりだったという。当然馬に乗る練習などしたこともなかっただろう。

「馬を扱うなど誰でも出来る！」

しかし、ルカはムキになって馬に手をかける。

もしかして無理矢理乗り込む気でいるのだろうか。

エマはぎょっとして逃げようとしたが、強く掴まれた手が離れない。

「ちょっと待って！　いくら何でも無茶だわ。その子はカイルじゃないと扱えないのよ！」

「ならば私にも出来るはずだ」

説得を試みるがルカは話を聞こうともしない。

だけど、本当にうまくいくとは思えないのだ。この馬は利口だが、気難しいところがあって主人しか背中に乗せたがらない。

カイルと二人ならエマも乗せてくれたことはあったが、相手がルカでは話が違う。いくら双子だからと言って、馬を扱ったことのない彼が同じように出来るとは思えなかった。

「くそ…ッ、大人しくしろ！　どういうことだ」

案の定、ルカが手をかけただけで馬は嫌がり始めた。

きっとカイルではないということが感覚で分かったのだ。触れられた手を払いのけるように身体を捻り、鼻息を荒らげて興奮している。

そして、そんなふうにもたもたしている様子を、兵も不思議に思っているようだった。

余計なことを言って怒りを買いたくないと手を出すことは遠慮しているみたいだが、暴れる馬をさり気なく押さえて手綱を握り、二人の様子をチラチラと窺っていた。

「エマ、おまえから乗れ！」

「えぇっ!?」

「私が先に乗り込む間に逃げる可能性がある。さぁ、乗れ！」

「や、待ってよ。そんな、嘘でしょう!?」

エマは腕を引っ張られて馬の横に立たされた。

嫌がるのを無視して抱きかかえられ、無理矢理乗せられそうになるが、そうはうまくいかない。馬の方も嫌がっているのでエマを振り落とそうとするのだ。

にもかかわらず、ルカは強引にでも乗せようとしてくる。摑まるものがないのでエマも馬の鬣《たてがみ》にしがみつくしかなく、それが余計に刺激してしまっていた。

もう自分一人ではどうすることも出来ない。

いっそのこと、振り落とされてしまった方がいいのかもしれない……。

この八方塞がりの状態に、次第にエマは諦めに似た思いを抱き始めた。

「ぎゃあああああ――ッ!?」

が、その時、何の前触れもなく、耳をつんざくような悲鳴がすぐ近くから上がった。

驚いた馬がますます暴れ、エマを振り落とそうとする。エマの方も振り落とされないよう必死で馬の背に手をかけるが、エマの腰を抱くルカの腕が何故か異様なほど強く締め付けてくるので身動きが取れない。あまりの苦しさに足をばたつかせると、ようやくルカの腕が離れていった。

「あ…っ」

けれど、この状態で放り出されてもそれはそれで困る。

しがみついているだけなので、いつ振り落とされてもおかしくない。

近くではまだ悲鳴が上っていたが、馬の腹に撥ね飛ばされそうな状況の中、それを気にしている余裕はどこにもなかった。

「エマッ、落ち着け！」

ところが、そんな混乱のさなか、エマに救いの手が差し伸べられた。

背後からがっしりと抱きかかえられて、暴れる馬から引き離されたのだ。

そのまま馬から少し離れたところまで運ばれ、地面に下ろされるとエマはガクガクと足を震わせながら尻餅をつく。焦った様子の兵が手綱を握ってエマたちから馬を遠ざけていた。

「いあああぁあッ！　あああぁ――――ッ!!」

その獣のような悲鳴で我に返り、声の主に目を向ける。

どうやら、先ほどから聞こえていた悲鳴はルカのものだったらしい。

彼のふくらはぎには貫通した剣が刺さっており、地面をのたうち回っていたのだ。

――じゃあ、私を助けてくれたのは……。

落ちつけと言って抱きかかえてくれた腕があった。

ルカでもない、そこにいる兵でもない、とても耳に馴染んだ声だった。

背後で人が動く気配を感じて、振り返ろうとすると、ジャラッという金属音が響いた。

「……オリバー、やはりおまえを待てない。もう我慢の限界なんだ」

その小さな呟きにドキッとする。

驚いて立ち上がろうとするが、こんな時に腰が抜けてしまって身動きが取れない。

そうこうしているうちにもう一度金属音が響き、ふわりと頭を撫でられた。その手が離れていくと同時にエマの横を大きな身体が通り過ぎていった。

近衛隊の上衣を着たブロンドの髪が、月夜の中で輝いている。

首輪から見え隠れしている鎖は途中で切れているのだろうか。一歩足を踏み出すごとにジャラジャラと金属が擦れ合う音がしていた。

離れていくその後ろ姿は、薄暗い隠し部屋から出られないはずのカイルのものだった。

「あぁ――ッ!!」

悲鳴を上げるルカのもとにカイルは近づいていく。

ふくらはぎを貫通した剣先からはルカの血が滴っていて、カイルは激痛に喘ぐその様子をしばし無言で見下ろしていたが、やがて感情の籠もらない目でその剣を引き抜く。ルカはまた獣のような声で絶叫したが、彼は構わずその身体を足で押さえつけた。

どのタイミングでやったのかは分からないが、カイルがルカを負傷させたのは間違いない。エマは二人の様子を見ているうちに、そのことに気がついた。他にそれを実行出来る者はここにはいない。何よりも、ルカに伸し掛かる憎悪に満ちたカイルの眼差しがそれを物語っていた。

「なぁ、ルカ、傷つけば痛いのは当然だろう？　誰でも知っているそんなことさえ、どうしておまえは分からない。私はそんなことまでおまえに教えるべきだったのか？」

「っひ…、はあっ、ハア…ッ」

「おまえはいつも私に泣き叫べと言ったな。何が楽しかった？　苦痛も知らないくせに、何がおかしくて笑っていたんだ？」

カイルは声を震わせ、片手でルカの襟首を摑み取る。

「は…、馬鹿なやつだ。だが、それ以上に馬鹿なのは私の方だ。何年も悩み苦しんで、本当に馬鹿を見てしまった！」

「はぁ…、は、……っ？」

カイルの言葉にルカは困惑した顔を見せている。

先ほど、馬を用意させている間にエマが様々な問いかけをした中で、カイルが苦しんでいたことをそれとなく伝えたつもりだったが、どうやらルカには少しも響かなかったようだ。

ルカはカイルをどこまでも理解しようとしない。二人で過ごしてきた時間よりも、アイザックに植え付けられた憎しみを選ぶというのか。

それが分かると、心底失望した様子でカイルは乾いた笑いを浮かべた。

「ああそうだった。寄り添った気になっていたのは私だけだ。だからおまえはアイザックなどの言うことを簡単に信じたのだったな……。おまえと出会ってから葛藤《かっとう》の繰り返しだったなど、とんだ笑いぐさだ」

「……っ」

「陽の当たる道を歩く一方で、存在することが許されない者がいる。その罪深さを心に刻みながら、ならば、おまえのために何が出来るかと思うようになった。いつかあの暗い檻から出してやれるだろうか。せめてどこかの田舎でひっそりと暮らせるように、そのいつかのために出来ることは何だろう……。ああ、全く愚かなことだ。おまえを救おうなど何と傲慢《ごうまん》な考えだ。ルカ、おまえは何も必要ではなかったのだろう？　文字を書くことも、言葉を話すことも、名を与えたことさえ！　おまえと関わろうとした何もかも全てが私の自己満足でしかなかった…ッ！」

カイルは目を真っ赤にしてルカの首を押さえつけた。

そして、ルカの眼前で剣の切っ先を止めると、ふくらはぎを突き刺した時の血が額にぽたりと滴り落ちる。ルカは蒼白になって悲鳴を上げた。

「あぁ…ッ!?」

カイルは憎しみに取り憑《つ》かれて、後先を考えられなくなっているようだった。

このままではいけない。

何としても止めさせなければと、エマは彼のもとに駆け出した。

「ルカ、おまえはこの一年、何をしていた？ 王子としての役を果たすならまだしも、堕落の限りを尽くしてただ肉欲に溺れていただけだ。挙げ句の果てに、エマを他の女と同列に扱おうとしながら今になって他と違うだと？ 馬鹿にするのも大概にしろ。彼女がおまえなどを愛するわけがないだろう！ おまえに手に入れられるものなど何一つありはしない!!」

カイルは剣を振り上げ、悲鳴を上げるルカの喉元に切っ先を突き立てようとしていた。

こんな哀しいことを、絶対にさせるわけにはいかない。一時の感情に任せたところで、本当の解決にはならないのだ。

「だめっ！ 絶対にだめ!!」

エマは無我夢中でカイルの背中にしがみついた。

その勢いでカイルの手元は狂い、切っ先はルカの首のすぐ真横に突き刺さった。

「あぁあ——ッ」

「エマ、何故止める！」

「こんなのだめに決まってるわ！　カイル、しっかりして!!」

「……ッ」

悲鳴を上げるルカの上でエマは必死にカイルを説得する。

今は頭に血が上りすぎているだけだ。どうか思い止《とど》まって欲しいと食い止めようとした。

怒りに染まったカイルはぶるぶると腕を震わせている。

大きく目を見開き、地面に突き刺さった剣を横に倒し、ルカの首を刎《は》ねようとする自身の衝動と、それを引き止めるエマとの間でせめぎあっているようだった。

「いたぞ！　こいつだ、早く取り押さえろ!!」

ところが、そんな混乱のさなか、多くの気配に取り囲まれる。

先ほどカイルの馬を引いていた兵が、いつの間にか王宮から仲間を率いてきたようで、近衛隊とは違う制服を着た彼らは、一斉にエマたちに飛びかかろうとしていた。

「何をする！」

彼らは標的をカイルに絞って、真っ先に彼を羽交い締めにした。

しがみついていたエマは強引に引き剝がされ、彼らはカイルを押さえつけながら持っていた剣を奪い取った。

それでもカイルの目は諦めていない。激しく暴れながらも身体を器用に捻って、羽織っていただけの上衣を囮《おとり》にして抜け出ようとしていた。

しかし、それで太刀打ち出来るほど相手は少数ではなかった。

僅かな隙間を縫って逃れようとするも、王宮から集まる兵の数はその間にも膨れ上がっていく。カイルは何名もの兵の手によって取り押さえられ、顔を上げることさえ出来なくなってしまった。

「おまえの剣を奪ったのはこの男か？」

「ああそうだ。……しかし、酷い傷だな。こいつは一体どこからやってきたんだ？」

「捕虜だろう」

「戦時中でもないのにか？　そもそも、地下牢など今は使われていない」

「どこかで収監されていた囚人が、脱走して忍び込んだ可能性もある。これを見てみろ。首輪をしているぞ」

彼らはカイルを押さえつけながら、勝手なことを言い合っていた。

知らない者にとって、以前より痩せて首輪までした人間が本物のカイルだなどと認識出来るわけがないのだ。

おまけにうつ伏せでいるから、彼らはまともに顔も確認していない。何名もの兵に力任せに押さえつけられ、カイルは息をするのがやっとの状態のようだった。

これではカイルが死んでしまう。

もう黙って見ていられないと兵の腕を振り切り、エマはカイルのもとへ走り寄る。押さえつける兵たちに体当たりして、無我夢中で彼を引きずり出そうとした。

「やめてッ、彼がカイルなのよっ!?」

「は…?」

「偽者はあっちよ！　カイルの振りをして皆を騙していたの!!」

「何を言って」

「本当よ！　あなたたちは変だと思わなかったの!?　突然性格が変わったカイルに少しも違和感を持たなかったとは思えないわ！」

エマの剣幕に押されて周囲の兵が顔を見合わせていた。

どうか分かって欲しい。皆だっておかしいと思っていたはずだ。カイルはこうじゃなかったと思っていたはず……。

訴えながら泣きじゃくり、エマはカイルの腕に額を擦り付けた。

兵たちは困惑した様子でルカに顔を向ける。

ルカの方は喉元をさすりながら起き上がり、大きく息をついていた。首が繋がっていることに安堵しているのだろうか。とてもこの状況を理解している様子ではなかった。

立ち上がったルカは兵たちの視線に気づくことなく、その中心でカイルにしがみつくエマを目にして唇を歪める。そして、片足を引きずりながら近づき、エマの腰を抱き寄せるとカイルから引き離そうとした。

「おまえは私と一緒に行くんだ」

「いやよっ！」

「いいから離れろ。他の男に触れるな！」

「いや――ッ!!」

これ以上好きにはさせないと、エマは頑なに拒絶した。

二度と離れるわけにはいかない。まっすぐだったカイルの瞳を、憎悪で染め上げるほど追い詰めた男の言うことなど聞きたくもなかった。

そんなエマたちを、兵たちは一層困惑した様子で見ていた。彼らからしてみれば、目の前でエマを連れていこうとしているのは、やはりどう見てもカイルなのだ。それなのに、その婚約者が何故か彼を偽者だと言い張っている。エマの必死さは引っかかるが、彼らの立場からすれば優先すべきはカイルに見えるルカの方だった。

彼らは迷いを見せたものの、それは僅かな間のことだった。カイルにしがみつくエマの手を摑むと、兵たちはルカのもとへ行くよう促してくる。

「や……っ」

どうして誰一人分かってくれないの？

説得は空振りに終わり、エマは絶望を感じた。

どうしたらこんな悪夢を終わらせられるのだろう。もうこれ以上何を言えば通じるのか分からない。それでもエマは違う違うと叫び、ルカに腕を引っ張られながら、あなたたちが拘束している人が本物のカイルなのだと訴え続けた。

そんな混乱のさなか、二頭の馬が近づいてくる。それを視界の隅で捉えたエマは、カイルを捕らえようとする追っ手がまた増えたのかと奥歯を噛み締めた。

「そこまでだ！」

だが、その聞き覚えのある怒号に、エマはハッと振り向いた。

一頭の馬上にはエドガルドが、その隣の馬上にはオリバーがおり、二人に気づいた兵たちの間にも動揺が走っている。病に臥して動けないはずの王が突然現れたのだから、当然と言えば当然の反応だった。

不意にオリバーがエドガルドに何かを告げ、素早く馬から下りる。

すると、彼はカイルに伸し掛かった兵たちの方へ全速力で向かい、鋭く叱責した。

「そこをどけ！　自分たちが何をしているのか分かっているのか!?」

「……え」

「いいからどけろ!!」

兵たちはオリバーの剣幕に困惑しながらカイルから離れていく。

ぐったりした様子のカイルは細い息をしていて、オリバーに抱き起こされるとうっすらと目を開ける。ようやくその顔を目の当たりにした周囲の者たちは、一斉に青ざめて動揺していた。

「……オリバー」

「遅くなってすまない。もう大丈夫だ」

そんな二人を見て、戻らなければという強い想いに駆られ、エマはルカの手を思い切り振り払う。

後ろから「行くな、エマ」と叫ぶ声が聞こえたが、構わずカイルのもとへ向かった。カイルの方はエマが戻ってくる様子を目で追いかけている。そんな彼に涙でぐしゃぐしゃの顔で抱きつくと、小さく息をついて抱き寄せてくれた。

それを馬上で見ていたエドガルドもまた唇を震わせて涙を堪えているようだった。

しかし、オリバーが振り向くと目で頷き、すぐさまルカに向かって指を差す。

「その偽者を捕らえよ！」

エドガルドの怒声で、周囲に衝撃が走った。

どよめきが広がる中、兵たちの脳裏には先ほどのエマの言葉がちらつき始め、自分たちの間違いに顔色を失う。

だが、国王であるエドガルドの命令に背く者は流石にいない。

カイルそっくりの相手にまだ戸惑いはあるものの、兵たちはジリジリとルカに近づいていく。一気に風向きが変わり、ルカの方は忌々しげに拳を握り締めていた。

「隊長！　いました。厩舎の中に潜んでいました！」

そんな中、更に驚くことが起こる。

オリバーの部下が、アイザックを捕らえて厩舎から連行してきたのだ。

それを見たオリバーは『よくやった』と言わんばかりの眼差しで頷いている。

どうやら近衛隊の一部には、この短時間で様々な指示が下りていたようだ。近衛隊以外の制服を着たほとんどの兵が動揺している中で、厩舎からアイザックの動向を見張っていたと思われる者が他にも何名か出てきた。ルカに対しても何らかの指示が出ているのか、逃がさぬよう背後に回っている者までいる。

エドガルドはそれらの動きを見て大きく頷く。

そして、ルカを差した指はそのままに、更に場を騒然とさせることを言い放った。

「アイザックはその偽者と等しき重罪人。即ち、共に国家転覆を画策した首謀者である！」

その発言にほとんどの者が言葉を失ったが、場が静まり返ったのは一瞬のこと。今日一番の衝撃にどよめきが走った。

オリバーの叱責でかろうじて静まる様子を見せたが、その動揺は彼らの顔を見れば明らかだ。

この国に一体何が起こっているのか。

誰もが同じことを考えていたに違いなかった。

「カイルの変化については皆も気づいていたはずだ。その者は元々カイルの影武者だったが、訳あって一年ほど前から入れ替わっていた」

異様な空気の中、エドガルドはなおも声を張り上げる。

顔色は悪く、無理をしてこの場に現れたことは容易に想像出来るが、この時の彼の気迫は誰の反論をも許さぬほどの凛然とした空気を放っていた。

「当時、アイザックは軍部をけしかけ、クーデターを起こす計画を立てていた。その不穏な動きに最初に気づいたのが、そこにいるカイル本人だった。国家の一大事に動かぬわけにはいかない。未然に防げるものならそうしよう。証拠を掴むためにカイルが身を隠したのが一年前、その偽者と入れ替わった時だった。――だが、王子という役は想像以上にその者を堕落させた。代わりを務めるどころか品位を貶め、名を汚し、果てはアイザックに取り込まれてしまった。王子に成り代わろうと企んでカイルを監禁し、最終的には抹殺しようとまで考えたのだ。……あと少し、あと少しでこの国は崩壊への道を辿っていただろう。最近では軍の一部の弱体化を嗅《か》ぎ取った隣国との小競り合いが既に始まっていると聞く。アイザックが画策していたことも、これからの調べで詳しく分かってくるだろう。しかし、この国はそれとは違う理由で近い将来、崩壊に向かうところだった。それは我がブラックウッドの真の王子が亡き者にされ、偽者が王位に就くことで招く厄災によってだ！　地国を、民を顧みずに欲望にまみれた王子。この一年でカイルの悪評は国中を駆け巡り、地に落ちたも同然だ。こんな者が王になった国に未来があるだろうか⁉　皆も分かるだろう！　既にこのような形で厄災は始まっていたということを！」

エドガルドは目を見開き、ルカをまっすぐ見据える。

そして、一切の躊躇いを見せることなく、完膚なきまでに彼を断罪したのだった。

「この国の王子も、我が息子も、そこにいるカイルのみだ。影の分際で成り代われるものではない！　一刻も早くその偽者を我らの前から遠ざけよ‼」

エドガルドの怒声で周囲の兵が一斉に動き出す。

もう誰一人としてルカを信じる者はいなかった。

囲まれたルカは目を真っ赤にして身体を震わせている。爪が食い込むほど拳を握り、エドガルドに向かって猛進していった。

「アアアァアアアア――ッ！」

突然の咆哮《ほうこう》に驚き、何人かの兵は撥ね飛ばされた。

その隙間を縫ってルカはエドガルドに向かって突き進んでいく。

けれどルカのその動きに、カイルとオリバーだけはいち早く反応していた。

それをエマは呆然と見ていた。二人がいつ立ち上がったのかさえ分からなかった。気づいた時にはルカに向かっていく二人の背中があったのだ。

カイルがまだ動けることにも驚いたが、合図もなくあの二人が同じ動きをしていることに驚きを禁じ得ない。ルカが咆哮を上げて突進するのを、息の合った様子で二人は取り押さえ、それでも暴れるのを追いついた兵たちが束になって押さえつけていた。

「うあああ…ッ！　ああぁああ‼」

ルカはなおももがき続けている。

暴れながら何かを捜すように左右を見回し、ふとエマに目を向けて助けを請うように手を伸ばした。

「……っ⁉」

しかし、取り押さえる兵たちによってルカの姿はすぐに見えなくなる。

暴れる手がその隙間から見えるだけとなった。

「あぁああっ！　あぁああ…ッ！」

ルカはただひたすら絶叫を上げていた。

その叫びはまるで泣いているようでもあった。偽者じゃない、影などではないと絶叫しているようだった。

そんな様子を、傍らでカイルがじっと見下ろしている。憎しみと同情の入り混じった複雑な顔で唇を噛み締めていた。

切なく思いながらその姿を見つめていると、カイルはエマを振り返った。僅かの間互いに見つめ合っていたが、やがて小さく息をつき、そのまま彼はエマのもとへと戻ってこようとしていた。

「うわっ!? あ、しまった…ッ!」

ところが、騒ぎが収束しかけた矢先に、少し離れた場所で動揺が走った。

エマはそれに気がつかなかったが、不意にカイルの視線がエマから外れて、後方の何かに目を向けている。大きく見開かれる彼の目を見て、エマはその視線の先を追いかけようとした。

「きゃあっ!?」

と、視線の先を追いかけるさなか、身体がガクンと傾く。

近づいてきた何者かに、いきなり腕を引っ張られたからだった。

そのうえ、後ろから羽交い締めにされ、気づいた時には喉元に短刀を突き立てられていた。

「ひぅ…ッ」

背後から聞こえる荒い息が耳にかかり、ぞわっと背筋を粟立たせながら、エマは自分を拘束する太い腕に眉をひそめる。

脂肪が多く、兵士のものとは思えない。

よく見れば、先ほど厩舎から連行されたはずのアイザックと同じ茶色の服を着ていた。

「そこから一歩も動くな！　近づけば、この娘の喉を掻き切ってしまうぞ！」

聞き覚えのある、しゃがれた怒声だった。

やはりアイザックだったと確信すると共に、ここにきてまだ足掻こうとしていることに驚きを隠せない。カイルは強張った顔のまま固まっていた。無闇に動いて、エマに危害を加えられることを恐れているのかもしれなかった。

アイザックはエマを羽交い締めにしながら、短刀を見せつけるようにしてこの場から離れようとしている。嫌悪感を抱きながらも、その強引な動きに逆らえず、エマは相手の思うままに動くしかなかった。

「この私が、こんなところで終わるわけには…ッ」

アイザックは、一歩進むごとに兵たちが動いていないかを確認していた。

あまりにも神経質な動きなので、集まっていた兵たちは身動きが取れない様子だ。

それでも距離は徐々に開いていく。エマは首に突きつけられた短刀を気にかけながら、自分たちが向かおうとしている方向に目を向けた。

この先にあるのは南門だ。

そこから逃亡しようとしていることは想像に難くない。

恐らく、アイザックは極刑を恐れるあまり、人質として最も打ってつけだったエマを盾にしようと考えたのだろう。追いかけるにも、カイルの婚約者が人質では慎重にならざるを得ない。非力な女の方が連れて歩くのに都合がいいという考えもあったはずだ。

どんどん距離が開き、次第に皆の姿が小さくなっていく。

このままでは本当に門を通り抜けてしまう。焦りを募らせるが、生い茂る木々に紛れて遂には誰の姿も見えなくなってしまった。

「よし、今だ…ッ！」

アイザックは振り返るのを止めて、エマの腕を摑んだまま走り出す。

ここで一気に南門に向かう腹なのだ。それが分かり、エマは摑まれた腕を力いっぱい振り払おうとした。

「放して！」

自分さえ離れれば皆も動けるはずだ。

人質に利用されて、カイルたちに迷惑をかけるなど冗談ではなかった。

「っ…く、どこまでも生意気な娘だ！」

だが、アイザックは頑としてエマを離そうとしない。

反抗的な態度に舌打ちをして、彼は持っていた短刀を再びエマに向けようとした。

刺されると思い、エマは身を固くして切っ先から顔を背ける。

ところが次の瞬間、突如として生い茂る木々がざわめき、その隙間から大きな馬体が飛び出した。

馬には人が跨がり、高く剣を構えている。その剣はエマの横を通り過ぎた辺りで振り下ろされ、同時にドッという鈍い音が立った。

「ひぃい…ッ!?」

直後、顔を歪めたアイザックが自身の腕を抱えてその場に踞《うずくま》った。

摑まれた腕が離れて、エマは咄嗟に距離を取る。蹄の音に顔を上げると、昇り始めた朝陽の中で、黒く艶やかな毛並みの馬とその馬に跨がるカイルの姿を見つけた。

カイルは馬から飛び降り、一直線にエマの方へ向かってくる。

足音をほとんど立てずに腰を低くした姿勢は、何かを狙っている様子だった。

「エマ、目を閉じていろ!!」

彼は自身の胸にエマを抱き寄せ、剣を構える。

おおよそを察しながら、その言葉に従いエマは目を閉じた。

すると、カイルはなおも逃げる素振りを見せたアイザックの背後に素早く回り、間髪を容れずにその足首めがけ、持っていた剣を真横に払ったのだった。

「あぁぁあああ――――ッ！」

耳をつんざく悲鳴が辺りに響く。

エマはそれをカイルの腕の中で聞いたが、目を閉じていたので直接見ることはなかった。けれど、剣を持ったカイルの腕がどう動いたかは知っている。彼がアイザックに何をしたかくらいは想像がついていた。

「……逃げられぬようにするなら、これくらいしなければ意味がないんだ」

激痛に喘ぐ悲鳴に紛れてカイルのそんな呟きが耳に届く。

エマはそこで目を開け、彼の視線を追いかけた。

カイルが見ていたのはアイザックではなかった。自分たちの方に駆け寄ってくる兵たちのずっと向こう側で、両腕を抱えられ連行されていくルカを見ていたのだ。

兵たちに引っ張られながらも、ルカもまたそんなカイルから目を逸らさずにいる。

先ほどのように暴れる様子は見られない。ただ大きく目を見開き、じっとカイルを見ているだけだった。

「あとは任せる。今度こそきっちり捕らえておけ」

「はっ！」

鋭い眼差しで命じられ、兵たちは背筋を伸ばして敬礼をする。

彼らがアイザックのもとへ駆け寄っていくのを横目に、カイルはエマを抱く腕に力を込めて大きく息をついた。

連行されていくルカの姿はもうほとんど見えない。

アイザックの呻きは耳についたが、それもすぐに遠ざかって聞こえなくなった。

エマたちは何も言葉を交わさず、互いを抱き締めながらその場に佇《たたず》んでいた。もう悪夢は去ったのだろうか。それを確かめるように彼の鼓動を確かめた。

そんな二人のもとへエドガルドとオリバーがやってくる。

傍で馬を止め、胸を押さえて崩れ落ちそうになるエドガルドをオリバーが支えていたが、それさえ現実味がなかった。

「カイル…、そのような姿になるまで、おまえを助けてやれなかった。全ての責任は〝あれ〟を生かし、関わりを放棄した私にある」

エドガルドは唇を震わせ、目に涙を浮かべながらカイルに謝罪していた。

その顔は苦悩に満ち、人知れず苦しんできたのが見て取れる。

「……父上、本当にそれは正しいことなのでしょうか？」

しかし、カイルはエドガルドを見上げて、静かにそう問いかけた。

眉を寄せて真意を探ろうとする父の顔を見つめ、彼は哀しげに瞳を揺らめかせている。

「私には、あのような決めごと自体が間違いだったと、そう思えてならないのです」

「カイル…、では決めごとを破ってあれを生かしたことが正しかったと？　そこまで傷つけられながら、おまえがそれを言うのか？」

驚くエドガルドの言葉に、カイルは傷だらけの身体に目を落として頷く。

それにはエマだけでなくオリバーも驚く様子を見せていた。

カイルはルカを憎んでいたはずだ。そう簡単に割り切れるものとは思えない。まさか全てが片付いたことで、そんな気持ちは消え失せたとでもいうのだろうか。

「生まれたばかりの命に罪はありません。どう成長するかは、周囲の環境によるものが大きい。ただ普通に生かせばよかったのだと私は考えます」

「国が…、傾く要因となってもか？」

「もちろん、それはあってはならないことです。しかし、国を二分するほどの過去の諍《いさか》いは、本当に双子だったことが原因なのでしょうか。実際はそれを利用しようとする様々な思惑に振り回されて、結果的にそうなってしまったのではないでしょうか。……人は弱い。簡単に心が揺さぶられる。少なくとも、今回はそういう思惑に負けたのです。私は表面的な結果を見て判断することを望まないだけです」

それは自身の憤りを全て押し殺したうえでの言葉だったのかもしれない。

カイルの腕はエマを抱きながら、感情を抑え込むように震えていた。

エマがその腕にそっと手を添えると、指先がぴくんと揺れる。彼の胸に頬を寄せながら指先を握り締め、少しでもその心を癒やす役に立てたらいいのにと願った。

「父上、一つ尋ねてもいいでしょうか」

「何だ」

「……あなたの息子は、私一人だけですか？」

問いかけに、エドガルドは大きく瞳を揺らした。

やがてふいと顔を背け、どこか迷う様子で王宮を見つめる。

皆の前でルカを断罪したことを指しているのは分かっている様子だった。

「そう、言い聞かせたのかもしれぬな……。しかし撤回はしない。あれが憎しみを向けるなら、その相手は私でなければならなかった」

眉間に滲んだ葛藤にカイルは静かに目を伏せる。

誰もが苦悩していた。簡単に答えを出したわけではなかった。

そうして出した答えに自信があったわけでもない。正しかったと言い聞かせて前に進むしかなかった。

それがほんの少し、分かっただけのことだった。

「父上、弟の処遇は私に任せていただけないでしょうか」

「……ああ。おまえに、全てを委《ゆだ》ねよう」

朝焼けの中、鳥のさえずりが賑やかに響き始める。

それで長い長い夜が、ようやく明けたのだと思った――。

# 第五章

——二か月後。

一つの季節が終わり、そろそろ冬支度が始まろうとしていた。

今日までに王国中に走った衝撃は計り知れない。

大勢の兵たちの前で語ったエドガルドの言葉が広まるのは一瞬のことで、話が外に漏れぬよう努めた時には既に手遅れだった。あの言葉には事実と違うことも混じってはいたが、偽者がカイルに成り代わっていたこと、それを手引きしていたのが宰相であるアイザックだったことは歴《れっき》とした事実であり、それらを知った人々の憤りは大変なものだった。

アイザックの息のかかった者たちや、働きにそぐわない権力を持った一部の貴族たちに対する風当たりも強まり、彼らを追及する声が高まったのは言うまでもない。当然制裁を免れずに失脚した者は数多く出た。

また、臣下の増長を許した王室も批判されたが、エドガルドが王位を退き全ての責任を取ると即座に明言したことで、さほど大きな声にはならなかった。しかし、病に冒された王が退位する噂は既に人々の間にあり、それで収まったのは満身創痍《まんしんそうい》ながらも全ての証拠を揃えて戻ったとされるカイルの存在が、今は人々の希望となっているためでもあった。

そんなさなか、国家転覆を謀った反逆者として、アイザックには極刑が言い渡された。

誰一人として異を唱える者がいない中、彼の最期がどんなものだったかは公にされていない。王宮のどこかで密かに処刑されたことだけが後になって伝えられ、その結末を人々も知ることとなった。

カイルを騙《かた》った偽者に関しても、同様の罰が下ると言われている。

二か月経った今も処遇は決まっていないが、カイルに一任されているその行方を、人々はただ見守るしか出来ない。

そのうちに人々の心も徐々に落ち着きを取り戻し、今までどおりの日常が戻り始めていった——。

「随分空が高くなったのね……」

王宮の広い廊下を歩いていたエマは、ふと足を止めて窓の外を眺めた。

それは久しぶりに感じた季節の移ろいだった。ブラックウッドは夏と冬とで極端な寒暖差がある国ではないが、それでも冬はそれなりに気温が下がり、年に一度か二度くらいは雪が降る。いつの間にかそんな季節になりつつあることに驚きを隠せなかった。

というのも、今日に至るまで、エマは一度しか王宮を出ていないのだ。

それもあの夜から数日後に、カイルのたっての希望で一日家に戻っただけだった。

「お父様もお母様も元気にしていらっしゃるかしら」

その時のことを思い出して、エマはくすりと笑みを零す。

カイルはフローレンス邸に着くや否やエマの両親のもとへ向かい、この一年の謝罪をしたうえで、自身に起きたことを包み隠さず打ち明け、このままエマをもらい受けたいと申し出たのだ。

娘が弄ばれたと不信感を抱いていた父と母だったが、痩せたカイルの身体と真摯な眼差しが全てを物語っていた。元々王家に対して負の感情を持たない二人であったから、わだかまりは見る間に解け、最後には涙を流してカイルの無事を喜ぶと共に、娘を宜しくお願いしますと深く頭を下げていた。

あとでカイルから聞いたのだが、エマの両親を始めとしたフローレンス家の王家に対するこういったまっすぐな姿勢が、エマがカイルの妃になるのをアイザックが反対した理由の一つであるらしい。もちろん貴族の階級が低いことにも不満を持っていたが、アイザックとしてはカイルが結婚した後も都合よく権力を振るうために、自身の息のかかった家の娘を何としても妃に据えておきたかったようだ。

カイルの強い要望を受け、エマはこうして今、王宮で暮らしている。

最近になってエドガルドの体調が僅かながら回復の兆しを見せ、戴冠式や結婚の日取りにも目処《めど》がつき始めた。分からないことは多く、話についていくのがやっとで、エマは流れに身を任せるばかりだったけれど、かなり盛大なものになりそうだった。

「エマ、供も付けずにそんなところで何をしているんだ？」

ぼんやり窓の外を眺めていると、馴染み深い声に話しかけられ、後ろを振り返る。

偶然通りかかった様子のオリバーが廊下の先に立っていた。

「新しいお水をもらいに行ってきたの」

手に持っていた水差しを見せてそう言うと、オリバーは隣にいた部下に先に行くよう指示をして、エマのもとへやってくる。

近衛隊の制服が何だか眩しい。憂《う》き目に遭っていた彼らも力を取り戻しつつあるようで、オリバーは毎日のように王宮内を駆け回る日々を過ごしているようだった。

「それくらい誰かに頼めただろう。まさか虐《いじ》められてやしないだろうな？」

「まさか、皆よくしてくれるわ。カイルが眠っているから暇を持て余してしまって……。わがまま言って出てきただけよ」

「それならいいんだが」

オリバーは相変わらずだ。

執務中であろうと、気がかりなことがあればすぐに兄の顔に戻る。

こんなオリバーとのやりとりは、ここでの生活にまだ慣れていないエマをほっとさせくれるものでもあった。

「ところで、カイルの傷はどうだ？　痕が残ってしまうものもあると聞いたが」

「……そうね。痛みはもうほとんどないみたいだけど」

「そうか」

「ただ、問題は……」

「何かあるのか？」

眉を寄せて問いかけられ、エマはハッとする。

慌てて首を横に振り、何もないと言って曖昧に笑った。

「もう戻るわ。そろそろカイルが目覚める時間だから」

「あぁ…、しかし、あいつは大丈夫なのか？　真夜中に書類を片付けて、それで日中眠くなるのでは悪循環だと思うが」

「それはそうだけど、日中ずっと寝ているわけじゃないわ。あんな場所に一年もいたんだから、まだ時間の感覚が摑めないのよ。じきに元に戻るわ。きっとね」

「だといいが……」

オリバーは難しい顔をして腕を組む。

本当のことを言うと、それが先ほどエマが言いかけて止めたことでもあった。

けれど、このことはカイルの心の問題なのだ。親友だからこそ知られたくないこともあるだろうし、打ち明けるなら自身の意志でそうするだろうと思った。

これ以上話していると兄の心配性に火がつきかねない。

見守ってくれている温かさに感謝しながら、エマはオリバーとはそこで別れ、カイルの眠る部屋へと戻っていった。

❀　❀　❀

部屋に戻るとカイルはまだ眠っていた。

しかし、扉を閉めた音で彼の肩はぴくんと揺れ、もぞもぞと寝返りを打っている。

起こしてしまっただろうかとベッドに近づき、顔を覗き込むと、うっすらと瞼が開いた。

「……おはよう、エマ」

「おはよう。まだ眠っていていいのよ」

「ん…」

小さく頷き、カイルはゆっくりとした瞬《まばた》きを繰り返している。

今はもう昼を過ぎているので、おはようという時刻ではない。

だが、朝方に眠りに就いた彼にとってはそういう感覚なのだ。

オリバーも心配していたが、カイルは夜に執務をこなして朝方から昼にかけて眠るという生活を繰り返している。一年もの間、昼か夜かも分からない生活を送っていたからと周囲は思っているが、本当のところはそうではなかった。

カイルは暗闇で眠れなくなってしまったのだ。

闇に引きずり込まれる錯覚に陥るらしく、蝋燭の灯りくらいでは効果が薄い。エマも一緒に起きていようとしたが、合わせる必要はないとやんわり断られてしまった。

だから彼はいつも夜中に一人で執務室へ向かってしまう。

そのくせエマが傍にいないと気持ちが不安定になるようで、夜の間に何度も寝顔を見に戻っているようだった。

ルカに打ち込まれた憎悪の楔《くさび》で、彼の心は今も大きく傷つけられたままだ。

それが、この二か月でエマが思い知ったことだった。

「水をもらいに行ってきたのか？」

「そう。……だめだった？」

「別に。だめじゃない」

言いながら、カイルはエマの手首を摑み取る。

エマは傍のテーブルに水差しを置き、まだ少し眠たそうな彼の瞼に口づけた。

だめじゃないと言いながらも、拗ねているように見えるのは気のせいではないだろう。

「エマ、してもいい？」

「…うん」

甘くねだる様子に小さく頷くと、背中に彼のもう片方の腕が回される。

手首を摑む力が強められ、そのままベッドに引きずり込まれた。

昼夜が逆転して互いの生活に少しずれがあるからか、カイルは起きてすぐにエマを欲しがることが多い。けれど、こうすることで自身の受けた傷を癒やしているようにも思えて、もっと何か出来ることがあればいいのにと、エマは彼を抱き締めることしか出来ない自分に歯痒さを感じていた。

「ん…っ」

徐々に服を脱がされ、露わになっていく肌のあちこちに所有の印が付けられていく。

そのたびにチリッとした痛みが走り、声を上げると痕をつけた場所を舌先で何度も舐められた。

カイルはエマの乳房を揉みしだきながら、太股まで服を脱がすとドロワーズの紐をすると解いて、下着と服をほとんど同時に取り払った。

ベッドに引きずり込まれてから、まださほど時間が経っていない。

彼が初めてエマを抱いた時の、全てを脱がすことが出来なかったことと比べると、もの凄い手際の良さだ。ある意味一番成長したことかもしれなかった。

「ふぁ…っ、あっ」

乳首にふぅ…と息を吹きかけられ、硬く尖った頂を舌で突かれる。

その間も空いた手でエマの脇腹や背中、乳房から太股など、強弱をつけてあらゆる場所をまさぐられ、触れられたところから全身へ熱が広がっていった。

「エマ、私の手は気持ちいいか？」

「あ…、ん。気持ち、い…っ」

「舌は？　感じる？」

「…っ、は、……感じ、る」

太股の内側を手の甲で撫でられ、硬く尖らせた長い舌が曲線を描きながら胸の膨らみを滑っていく。

舌はその動きのままおへそに向かい、エマは肩で息をしながらカイルの問いかけに答え、その淫らな舌の動きを目で追った。

腰やお腹なんて、自分で触れても何とも思わないのに、どうしてカイルが触れると違うのだろう。どこを触られても気持ちがよくて、たちどころに熱くなっていく。

「エマ、脚を開いてごらん。ココも、触りたいんだ」

「あっ」

内股を撫でていた手が付け根の方に動き、指先がエマの敏感な場所を掠った。

触れるか触れないかの感触が、余計に堪らない気持ちにさせる。

エマは自分から脚を開いて彼が触れてくれるのを待った。

同時にカイルが夜着を纏ったままでいるのが嫌で、彼の首筋に指を絡める。ぴくんと肩が震え、くすりと笑みを零したカイルは、前置きもなくエマの中にいきなり指を入れてきた。

「あぁっ！」

「凄く濡れてる。エマ、何本入れたと思う？」

「あう、んっ」

「分からない？　なら数えてみようか。ほら、一本、二本、……三本」

首を横に振ると、彼はその指を一本ずつ中で動かす。

そのたびにぐちゅぐちゅと淫猥な音が響き、どれだけ自分が濡れていたのか思い知った。

羞恥に悶え、エマは真っ赤になって身を捩る。

すると、付け根まで入れられたカイルの指が中でバラバラに動いて、逃げようとした腰がぐっと引き寄せられた。

「あぁあ…ッ！」

「ほら、中を擦ってあげるから、エマも腰を揺らしてごらん」

「ん、や…、そんな、の」

「ココもたくさん舐めてあげるよ」

いつもより甘く意地悪な囁きに腰が砕けそうになる。

喘いでいるとカイルの唇が陰核を包み、濡れた舌先で敏感なその場所を突かれた。器用に動く舌が、次々溢れ出る愛液までをも丹念に舐め取り、エマの快感を引き出していく。

「ああうっ！　カイル…っ、お腹が、熱い…ッ」

「エマ。すごく淫らだ」

そのうちに、中で蠢く彼の指を求めて無意識に腰が揺れ出す。

淫らだと言われて顔が熱くなったが、身を起こした彼に繰り返し耳元で愛を囁かれて、ますます快感に攫われていった。

エマは絶頂の波に呑まれそうになりながら、震える手でカイルの夜着に手をかける。

自分一人で終わってしまうのは嫌だと彼の腰紐を解き、性急な動きで前身頃《まえみごろ》を大きく開くと胸筋が目に飛び込む。触れると筋肉が動き、鎖骨が浮き上がって壮絶な色気を放った。

見上げると美しい碧眼が情欲に濡れていた。

エマの中を掻き回す指は弱い部分ばかりを責め立てる。もういつ果ててもおかしくなかったが、エマは彼の胸に口づけながら狂おしいほどの快感に堪え続けた。

「あ、あっ、だめ…っ」

「どうしたい？」

「指じゃ、いや…っ。意地悪、しないで」

「……なら言ってくれ。私が必要だと、いつものように」

訴えかける眼差しに、エマは瞳を揺らめかせる。

少しの意地悪は、エマからその言葉を聞きたいがためのものだ。まだカイルは闇の中から完全に抜け出せていない。その傷は誰にも想像出来ないほど深いものなのかもしれなかった。

「ふ、あぅ…っ、カイルッ、私には、あなただけなの…ッ。あなた以外愛せない、いつの間にかそうなってしまったっ！　カイル、あなたがそうしたのよ」

エマはカイルに抱きつき、涙を浮かべながら彼の耳元で囁いた。

「……っ」

カイルは目を潤ませ、エマの唇にかぶりつく。

激しく舌を絡め合わせて、彼は纏っていた夜着を性急な仕草で脱ぎ去った。

すかさず膣内を掻き回していた指が引き抜かれ、それと同時に彼の昂ぶりがエマの入り口を強引に押し開き、一気に最奥まで挿入された。

「あ、あ――ッ！」

エマは喉を反らせて悲鳴のような嬌声を上げる。

入れられただけで絶頂に達してしまい、目の前がチカチカしていた。

ガクガクと身体を震わせるエマを掻き抱き、カイルは限界まで腰を引くとまた奥まで突き入れる。

何度かそれを繰り返され、一層の快楽の波に呑み込まれていった。奥を掻き回されると断続的に中が痙攣し、そのたびに荒い息づかいに混じって彼の低い呻きが聞こえた。

「は、あぁ…ッ、あぁあっ」

カイルはエマが果てたことを知りながらも、少しも動きを止めようとはしない。

それどころか、両脚を抱えて敏感になりすぎた身体を押し開き、深く腰を落としながら力強く揺さぶっていた。

「カイ、ル…ッ、はあっ、あうっ」

エマの方も、ひくつきが治まらないまま、彼の動きに合わせて腰を揺らしていた。

苦しかったが、そんなことはどうでもいい。もっと気持ちいいと思ってもらえるように意識的に締め付けを強めたりもした。

られた。


「エマ、エマ…ッ」

カイルは息を弾ませ、掠れた声でエマの名を繰り返す。

そのうちに身体を抱き上げられて彼に跨がる恰好にさせられ、下から深くまで突き入れられた。

強烈な刺激に、エマはカイルの胸に倒れ込む。

「あぁうっ、ん」

きつく抱き締められ、彼の首筋に頬を寄せると、体温も呼吸も、脈打つ鼓動さえも伝わってくるようで、全身をカイルで包まれたみたいな気持ちになる。肩口を甘嚙みされ、そこから首筋に向かって熱い息で肌を撫でられて、エマは背筋をぞくぞくと震わせながら激しく身悶えた。

「はぁ…ッん。あ、あ、あッ、んんっ」

いつの間にか、エマはまた迫り来る快感に追い詰められていた。

肌と肌がぶつかり、部屋中に響く卑猥な水音に責め立てられる中、不意に腰を摑まれて上下に揺さぶられる。

下からの突き上げも激しくなり、狂おしいほどの快感に喘いでいると唇を塞がれた。カイルも苦しげに息を乱していて、彼もまた限界が近いのかもしれなかった。

「んぅ、ん、んっ」

「エマ、このまま一緒に…っ」

舌を絡め合い、互いに腰を揺らして快感を与え合う。

二人の熱が重なり合い、限界まで膨れ上がっていく。突かれるたびにお腹の奥が熱くなり、内股がびくびくとひくつき、近づく絶頂の予感にエマはカイルにしがみついた。

「ふ、あぁッ、…ッ、あぁあ――ッ！」

勢いよく最奥を貫かれ、一気に頂に押し上げられる。

これまで感じたどの絶頂よりも強い快感に全身を震わせ、激しく揺さぶられながら骨が軋むほど抱き締められた。

濡れた肌が隙間なく重なり合い、その瞬間、彼が放った精が奥で弾ける。低い淫らな喘ぎが耳の傍で響き、彼もまた快楽に身を投じているのだと思った。

「――あ、…っは、はあッ、はあ…っ」

互いの乱れた呼吸が、部屋の中でやけに大きく聞こえた。

エマは脱力しながら、ぼんやりと彼を見つめる。カイルもエマの視線に気がつき、自然と微笑み合う。そっと唇が重なり、また見つめ合い、抱き締め合った。

「しばらく、ここにいて欲しい」

繋げた身体が離れると、力の抜けた肢体はベッドに寝かされ柔らかく抱き寄せられる。

カイルの長い指がエマの亜麻色の髪を梳き、額やこめかみ、つむじにそっと唇が押し当てられた。

とても気持ちがいい。

触れられた場所が温かくて優しくて、知らず知らずのうちに涙が溢れ出す。それらはカイルの唇で拭われていき、慈しむようなキスを顔中にくれた。

カイルの鼓動を感じながら、エマはゆっくりと目を閉じる。

――何年かかってもいい。私にはこんなことしか出来ないかもしれないけど、それでも、いつの日か一緒に朝を迎えられるようになればいいのに……。

そんなことを考えていると、彼の穏やかな寝息が聞こえ始め、エマは大きな身体を抱き締めると、カイルと共に夢の中へと身を投じていった。

❀　❀　❀

それから数日後の深夜のことだった。

昼夜が逆転した生活を送っていたカイルは、その夜も執務室で書類に目を通していた。

こんなことをいつまでも続けていいわけがない。

それはカイル自身が誰よりも分かっていることだった。

エマや他の者たちに気遣われている状況は理解しているし、それを情けなくも思っている。それでも、闇は想像以上にカイルの心を蝕《むしば》んでいて、どうすればこの現状から抜け出せるのかが分からなかった。

「……っ」

紙を捲る音だけが響く部屋の中、カイルは不意に顔を上げた。

傍に置いた燭台の灯りに目を移すと、いつの間にか蝋燭が無くなりかけて炎が小さくなっている。それに気がついた途端、無意識に手に力が入り、持っていた紙をくしゃっと折り曲げた。

それまで痛みなどなかったのに、背中の傷痕が疼き出す。

喉が絞まる気がして、息苦しく感じた。つま先や指先が急速に冷たくなり、真っ黒い何かに呑み込まれそうな錯覚に囚われていく。

「――は、…はぁ…っ、……ッ」

カイルはすかさず立ち上がり、シャンデリアの煌《きら》びやかな灯りで気持ちを落ち着けようとする。

強烈な孤独と、どす黒い憎悪が自分の中から沸き上がってくるような感覚だった。

「そうだ。エマの寝顔を見にいこう」

独り言を呟き、執務室から出ていこうとする。

大丈夫。こんなこと、毎夜のことだから気にしない。彼女の顔を見れば、いつものように気持ちが落ち着くはずだと自身に言い聞かせた。

――コン、コン。

と、扉に手をかけようとしたところでノックする音が響く。

カイルはビクッと肩を震わせつつも、平静を装って自ら扉を開けた。

「カイル？　わざわざ出迎え…、なわけないよな」

やって来たのはオリバーだった。

ノックした直後に扉が開けられたことに若干面食らっている様子だ。その驚いた顔がカイルの心を僅かに和ませ、張りつめていた神経がふっと緩んだ。

「こんな時間にやってくるなんて珍しいな」

「直接渡したいものがあってな。それより、どこかへ行くところだったんじゃないのか？」

「ああ…、いや。別に急ぎではないから入ってくれ」

エマの寝顔はあとで見に行こう。

頭の隅で考えながら、カイルはオリバーを部屋に招き入れた。

「あまり時間は取らせない。これを渡しに来ただけなんだ」

ソファに座るように促すと、オリバーは持ってきたものをテーブルに置いてから腰掛ける。

それはざっと見て十通ほどの封書の束だった。

何気なく手に取ったところ、宛名として書かれた文字に見覚えがあったので、カイルは問いかけの意味を込めてオリバーに目を向けた。

「エマからカイルに宛てられた手紙だよ」

「どういうことだ？」

「アイザックの部屋を調べていたら、棚の奥に隠してあったのが見つかったんだ。捨てられるか燃やされるかしていなかったことは不思議だが、恐らく一年ほど前に書かれたものだろう。カイルに手紙を出したのに返事がないと言っていたのを覚えている」

その言葉にカイルはぴくりと指先を震わせる。

少し状況が呑み込めた気がして、溜息をつきながらオリバーの斜め前に腰掛けた。

「案外、何通も来るから、あとでいっぺんに処分しようとして忘れていただけじゃないのか？　何にしても、あの男がやりそうなことだ」

「ああ、こんな手紙一つをとっても、この一年、アイザックの思いどおりだったことを痛感させられる。本当に情けないことだ」

「……全くだ。それも全て弟の存在を隠していたことが元凶なのだから、秘密など、そう易々と作るものではないな。アイザックのような男に秘密を握られれば、碌《ろく》なことにならないという痛い教訓だ」

背もたれに身体を預け、カイルは天井を見上げた。

毎夜のごとく目を通している書類の中には、今回の一連の出来事に関する報告書も多く含まれている。この二か月の間でかなりのことが分かったが、知れば知るほど情けない気持ちにさせられるものだった。

一番の衝撃は、エドガルドに最初に毒を盛ったのがルカだと分かったことだろうか。

アイザックの入れ知恵により、入れ替わった直後、ルカはずっとベッドに寝たきりでいた。落馬して頭を打ったなどという芝居を打ち、カイルとルカの違いをそれでごまかそうとしていたからだ。

一か月が経った頃、たまには父と一緒に食事をとりたいと言って起き上がった時の周囲の喜びは大変なものだったという。久々の親子水入らずで食事の場が早速設けられ、カイルの回復にいつになく上機嫌になっていたエドガルドは、その食事中、こっそりとワインに混ぜられた毒物の存在に気がつけなかった。

口惜しいのは、『気づかれずにそれを飲み物に混ぜられれば完全な自由が手に入る』などとアイザックに言い含められ、ルカが素直にそれを信じて実行したことだろう。要するにルカは何も知らずに毒を盛ったが、それが原因で父が倒れたとは露程《つゆ》も思っていないのだ。

お陰で、その後はアイザックの独擅場《どくせんじょう》となった。

エドガルドが国王としての役割を果たせなくなれば、その代わりは当然王子に成り代わったルカが務めることとなる。しかし、外に出たばかりのルカに政治のことなど分かるわけもない。アイザックに頼らざるを得ないのは当然の流れだったし、それこそがあの男の目的だった。

倒れたエドガルドに毒を混ぜ続けられたのも、そんな流れの一つだったと言える。

本来なら細心の注意が払われる王の食事に、栄養剤などというわけの分からないものなどを混ぜられるはずがない。だが、そういった確認をする者たちは真っ先に辞めさせられ、杜撰《ずさん》な態勢になるよう仕向けられていったのだ。近衛隊の縮小もアイザックの発案だったが、ルカの承認を得てあっさり実行されてしまった。指摘出来る人間を排除したことで、アイザックは国の実権を我がものにしてきたのだ。

とはいえ、そこまで色々やっておきながら、アイザックは国家転覆を目論《もくろ》んだというより、実際は裏で権力を握っていたかっただけで、自分が王に成り代わろうとまでは考えていなかったようだった。アイザックの肝の小ささが窺えるというものだ。いくらでも機会があったにもかかわらず、カイルを直接殺す度胸もなく、エドガルドについても徐々に弱らせて死を待つ程度が精一杯という臆病《おくびょう》者だったのだから……。しかしその臆病さが、彼の犯行をうまく隠していたのかもしれなかった。

「その…、ルカ、といったか。彼とはあれから話をしたのか？」

考えを巡らせていると、オリバーの問いかけで一気に現実に引き戻される。

カイルは大きく息をつき、静かに首を横に振った。

「いや、一度も会っていない。会わなければならないと思ってはいるが……」

「そうか」

ルカについてどう処断を下すのか、本当はとうに腹が決まっていた。

それなのに、どうしても足が向かないのだ。

昼夜が逆転する生活を余儀なくされ、夜が来るたびにあの隠し部屋でのことを思い出してしまう。頭では分かっているのに、気持ちの整理がついていない。ルカに会えば冷静さを失い、感情のままに動いてしまいそうで、そんな自分が恐ろしかった。

「それにしても、手紙まで隠されるだなんて、とことん嫌われたものだよ。この場合、エマというよりフローレンス家がと言うべきか」

カイルが暗い表情をしているのを気遣ってか、オリバーは大きく伸びをしながら唐突に話を戻す。

首を傾げると、彼は若干の憤りを表情に浮かべた。

「アイザックは保守的な連中の筆頭だった男だ。子爵家の令嬢ごときが王家と姻戚関係を結ぶなど許せないことだったんだろうと思ってな」

それを聞き、カイルは手紙の束を指先でなぞりながら眉をひそめた。

フローレンス家は素晴らしい家だとカイルは思っている。それを『ごとき』などと卑下する表現をオリバーに使って欲しくはなかった。

「オリバー、子爵家の何が悪いと言うんだ？　保守的とはものは言い様だが、ああいう連中ほど自身の保身と権力にしがみつくばかりで、能力はその地位に追いついていないじゃないか。アイザックで喩《たと》えてみればよく分かる。彼は侯爵家の人間だったが、だからと言って宰相としての器があったわけではない。代々侯爵家より上の人間から宰相に任命される慣習があったからあの地位にいただけだ。……欲にまみれた者は、更なる欲を求める。あの男は自身の欲のためにルカと私を入れ替えた。そこには国や民を思う気持ちなど欠片《かけら》も存在していない。どうしてそんな連中におまえやエマが負ける？」

「カイル……」

「はっきり言うが、連中は子爵家と王家が姻戚関係を結ぶことが許せないのではないぞ。自分たちより格下だと思っていた者が王家と姻戚関係を結ぶことで格上となり、ゆくゆくは媚びなければならないことが腹立たしかっただけなのだ」

カイルは強い口調でそう言い放つ。

自分たちが劣《おと》った存在だなどと考えて欲しくない。己が優位に立ちたいばかりに相手を貶めようとする思考が愚かだと訴えたかった。

オリバーを見ると、自重気味に「俺もそう思う」と頷いていたので気持ちは伝わったのだろう。少し力が入った身体をソファに預け、カイルは小さく笑った。

何だか今日はフローレンス家で言いたいことを言い合っていた時のような気分だ。久しぶりに膝を突き合わせているからだろうか。オリバーが前と変わらずに接してくれるからというのもある。話しているうちに心が軽くなって、前向きな気持ちになっていくようだった。

「オリバー、この国は変わるべき時に来ていると私は思う。慣習や制度に囚われてばかりでは先細りしていく一方だ。生まれで未来が決まってしまうのではなく、秀でた力を持つ者がいれば、その芽を伸ばしてやりたい。異国の文化とも、もっと触れ合っていけば学べることは多いだろう。古きものでも、時に新しいものと組み合わせて改善していけば、より素晴らしいものとなり残っていくはずだ」

「……それがカイルの目指すこの国の未来か」

「ああ。それなりの反対に遭うのは避けられないだろうが覚悟のうえだ。オリバーも協力してくれるか？」

「もちろんだ。是非協力させて欲しい」

「やはりそう言ってくれるか！　だと思ったんだ。……まぁ、既に協力してもらっているから、今さらすぎる話なんだがな」

「え？」

「言っただろう？　おまえのような者が必要なのだと。オリバーを今の地位に推したのはその第一歩なのだ。この一年、苦境に立たされながらも素晴らしい働きをしてくれたじゃないか。私はとても鼻が高い」

自信満々に言うとオリバーは目を丸くして、いきなりごほごほと咳き込んだ。

何を照れているのだろうか。今や近衛隊は貴族から農民の息子、果てはならず者だった連中など、様々な身分の者たちの集合体となっている。それがオリバーを中心に纏まっているというのに自己評価が低すぎるだろう。そういうものを求めているのだと思いながら、カイルは照れて赤くなったオリバーの様子を楽しく眺めた。

けれど、あまり褒められると居心地が悪いようで、「そろそろ戻るか」と呟きながらオリバーは席を立つ。その顔はまだ赤いが、指摘するのはやめておいた。

「手紙、ありがとう。あとで読ませてもらう」

「ああ。……カイル」

オリバーは扉の前で立ち止まっていたが、神妙な面持ちで振り返った。

どうしたと目で問いかけた途端、彼はいきなりカイルの前で深く頭を下げる。突然のことに面食らっていると、彼はそのままの姿勢で口を開いた。

「この一年、カイルを見つけられなかったこと、臣下の一人として、何よりも友人としてとても恥ずかしく思う。本当にすまなかった」

「オリバー…」

「だが、改めてこうも思った。……カイルがおまえで良かった」

顔を上げてオリバーは笑う。

その目には僅かに涙が滲んでいるようにも見えた。

「これからも宜しくお願いいたします。我が国王陛下」

「……っ」

そんな言葉を残し、今度こそオリバーは扉を開けて部屋を後にした。

部屋に残ったカイルはぽかんとして立ち尽くす。

「少し気が早いんじゃないか？」

近々そうなるとはいえ、聞き慣れなくて何だかむず痒かった。

どうしてオリバーはこんなタイミングで言ったのだろう。照れ隠しのつもりか？　褒められるのを恥ずかしがったり、褒めるのを恥ずかしがったり忙しいことだ。お陰で言葉もなく送り出してしまったではないか。

カイルはぽりぽりと頬を掻き、少しばかり熱くなった目頭を押さえた。

カイルがおまえで良かっただなんて、そんなことをいきなり言うからだ。夜に執務をこなしていることにだって言いたいことはあるだろうに、少しも責めようとしない。そんな優しさが妙に胸に迫る中、ふと手に持ったままの封書の束を思い出す。

――一年前のエマからの手紙か……。

何が書かれてあるのだろう。気になってそそくさと執務机に戻り、カイルは象眼細工の施されたペーパーナイフで早速その中の一通を開けた。

一行一行丁寧に目を通して、読み終わるとすぐに次の手紙に手を伸ばし、中を確認していく。一通一通の内容は、一見どれも些細な内容だった。

けれどそこには一年前のエマが確かにいた。

初めて結ばれたことを照れていたり、毎日指輪を眺めては浮かれていること、嫌な噂を立てる人々に憤慨していたり、手紙を書くと言ったのに返信がないと拗ねる様子などがしたためられていて、会えなくなった直後の彼女がどんなふうに過ごしていたのかが目に浮かぶようだった。

カイルはそれを読んでいる間、あまりの微笑ましさに唇を綻ばせていたのだが、次第に指先が震えてくる。全てを読み終える頃には目の前が熱いもので滲んで何も見えなくなっていた。

「ああ、私は馬鹿だな…」

この二か月の間、私は本当に前に進む努力をしていただろうか？

背中の傷が疼く。喉が絞められて息苦しい。真っ黒い何かに呑み込まれそうになる。

しかし、そんなことをする者などもうどこにもいない。

それなのに、いつまで囚われようとしているのだ。

いつまでエマの優しさに甘え続ける？

今さらながらそのことに気がつき、カイルは己の不甲斐無さに唇を噛み締める。読んだ手紙をかき集めて摑み取り、いても立ってもいられず執務室を飛び出した。

「今夜はもう戻らない。部屋の灯りを消しておいてくれ！」

私は逃げていただけだったのかもしれない。

衛兵に言葉をかけると、あとは感情の赴くまま彼女の眠る部屋まで走っていった。

❀
❀
❀

――いつ見てもかわいい寝顔だ。

部屋に着くと、カイルは暗闇の中、エマを起こさぬようにそろそろとベッドに近づいていく。

全速力で走ってきたので、乱れた息は部屋の前で整えてある。それでも高ぶった感情は収まらず、眠る彼女のもとへ飛び込んでいきたい衝動に駆られたので、もう一度大きく深呼吸をした。

「…ん、カイル？」

すると、エマが身じろぎをして顔を上げる。

瞼を擦りながら身を起こし、寝ぼけ眼《まなこ》でこちらを見つめていた。

ああ、起こしてしまった……。

そんなつもりじゃなかったのにと反省しながら、カイルは大人しくベッドに腰掛ける。

しかし、何も言わずにじっと見つめていると、彼女は少し不安げな表情を浮かべた。

よく見るとエマの目は微妙に焦点が合っていない。暗闇を捉えられておらず、相手がカイルかどうか疑問を抱き始めたのかもしれない。そう思って、彼女に手を伸ばしながら声をかけた。

「エマ…」

名を呼ぶと彼女はほっと息をつく。

やんわりと頬に触れると、その指先を柔らかな手でぎゅっと握られて胸がいっぱいになった。

「さっき、手紙が届いたんだ」

「うん」

「エマからの」

「……えっ？」

エマは目を丸くして困惑した面持ちだ。身に覚えがない。そんなものは出していないとでも言いたげな様子だった。カイルは持ってきた手紙の束をエマに触れさせる。彼女は眉を寄せながら、それを指で確かめていた。

「これは本物。一年前の君からの手紙だよ」

「え…」

エマはぴたっと動きを止めて薄茶色の瞳をぱちぱちさせて瞬きを繰り返す。

頭の中ではあれこれと考えを巡らせているのだろう。難しい顔になったり、息を呑んでみたり、目を見開いてみたりと忙しい。やがて心当たりに辿り着いたのか、彼女は顔を紅潮させて狼狽えた。

「どうして今頃!?」

「アイザックが持っていたんだ。あの男は、エマとルカを近づけないために躍起《やっき》だったからな。部屋に隠していたのが見つかって、先ほどようやく私のもとに届いた」

「……ッ！」

エマは愕然とした顔になり、ジタバタしながら何故か毛布を頭から被ってしまう。

恥ずかしがっているように見えるが、どうしてそんな反応をするのか分からない。カイルは不思議に思いながら、丸まった毛布の塊を無言で眺めた。

「ご、ごめんなさい…っ！」

すると、彼女は謝罪の言葉を口にする。

ますます意味が分からないので、エマの頭がある辺りを覗き込んでみた。

「……？　どうして謝るんだ？」

「だってだって、カイルが大変な時に能天気なものを……ッ。暢気に手紙なんて書いている場合じゃなかったのに！　本当にもう…っ、もう!!」

ああそういうことか。どうやらエマは自己嫌悪に陥っているらしい。

力いっぱい叫ぶエマの言葉で、カイルはようやく理解した。

それは分かったが、だからと言って誰が彼女を責められるというのだろう？

能天気、結構なことじゃないか。そんなことを気にするだなんてと、カイルはくすくす笑いながら彼女を毛布ごと抱き締めた。

「エマ、謝る必要なんてどこにあるんだ？　私は凄く嬉しかった」

「……っ、……え？」

「あの頃のエマに会えたようだった。かわいくてまっすぐで、愛されていることが伝わってくるようだった。返信出来なかったことが残念でならない」

「そ、……んな」

「私は馬鹿だな。変わらず愛してくれる相手に、この二か月の間、寂しい思いをさせてしまった。自分一人で苦しいつもりになっていたのだろうか。君はいつも傍に寄り添ってくれていたのに、夜も一緒に眠れないだなんて呆れただろう？」

「そんなわけないわ！」

エマは毛布から顔を出して、全力で首を横に振っている。

「悪いのはカイルじゃないもの。あれだけのことがあったのだから、何もかもがいきなりうまくいくわけがない。ちゃんと分かっているから！　だからそんなふうに考えないで」

懸命に訴えながら彼女はカイルの頬に手を伸ばす。

こうやって甘えさせてくれる彼女に、もうどれだけ助けられたことだろう。

何だか泣きそうになって、カイルはそれをごまかすために必死で笑顔を作った。

「エマ、ようやく前に進めそうな気がするんだ。力を貸してくれるか？」

「え、ええ。もちろん！」

「明日、行こうと思う場所がある。一緒に来て欲しい」

そう言うと、エマは迷わず頷いてくれた。

いつまでも目を背けてはいられない。立ち止まったままでいるのは、もう終わりにしなければ……。

「……起こしてごめん。眠っていいよ」

いつの間にか握られていた手を握り返し、耳元でそっと囁く。

こくんと頷いた彼女の手を自分の頰に当て、しばし見つめ合っているとエマの目がとろんとしてきた。

今にも眠ってしまいそうだ。そう思っているとすぐに寝息が聞こえてきて、あまりの微笑ましさにカイルは唇を綻ばせる。

ああ、愛しくて愛しくて堪らない。

どうしてこんなにもエマは特別なのだろう。

初めて見た瞬間から、どうしてあんなにも特別だったのだろう。あの時のことは、今思い出すだけで昨日のことのように胸が熱くなってしまう。

『カイル殿下、殿下ぁ〜ッ、どちらへおいでですか〜⁉』

エマとの出会いは忘れもしない五歳の夏だ。

その日は王族の結婚式に招かれたはずなのだが、周囲の大人たちはカイルの前にどこぞの令嬢を連れてきては、やれあっちの令嬢が似合いだの、いやいやこっちの令嬢の方がいいだのと、将来の結婚相手の品定めばかりをしていた。

そう目の前に並ばれても、良いも悪いも分からない。

どうしてこんなところに来て結婚相手の品定めをしなければならないのだ。大体、子供のくせに誰も彼も愛想笑いを浮かべる者ばかりで、ピンと来るような相手などいるわけもない。

むすっとした顔で父を見たが、苦笑を浮かべるだけで彼らを窘めてはくれなかった。

次第に鬱陶しくなってきたので隙を見てこっそりその場から抜け出したのだが、カイルがいなくなったと知るや否や、今度は衛兵たちに捜しまわられて面倒なことこのうえなかった。

『カイル殿下ぁ～ッ』

衛兵たちは強面《こわもて》のくせして、カイルが子供だと思って気味の悪い猫なで声で捜している。そうすれば出てくるとでも思っているのだろうか。はぁ…と溜息をつき、彼らの目を掻い潜って人気《ひとけ》のない方へと進んでいった。

『あの猫、いつまで堪えられるかな』

『そんなに保たないよ』

『あとで確認してみる？』

『いいよそんなの。どうせ死んでる』

同じくらいの年頃の貴族の少年たちが、こそこそしながらカイルの横を通り過ぎていく。

〝死んでる〟という言葉にぎょっとして、カイルは咄嗟に彼らの襟首を摑んでいた。

最初は何をするんだと歯向かう様子を見せたが、騒ぎを聞きつけてやってきた大人たちに叱責されてすぐに相手が誰かを認識したらしい。青ざめていたがそんなものには構わずに、カイルは先ほどの話を聞き出した。

この大聖堂は丘の上に建っているのだが、裏庭の奥に立ち並ぶ木々を越えるとちょっとした崖になっている。どうやら迷い込んだ仔猫をそこへ追い詰めたようで、ほとんど落ちかけて鳴いていている様子を笑っていたが、満足したのでそのまま戻ってきたというのだ。

無意味な殺生をするなど、先が思いやられる。

もう間に合わないだろうか。

裏庭に走るさなか、カイルの頭の隅にそんな考えが浮かびかけた。

しかしそれはすぐに杞憂に終わる。同じ髪色の兄妹らしき二人の子供が木々の間から姿を見せ、少女の方が仔猫を抱えて出てきたのだ。

『もうあんな危ないところで遊んではだめよ。落ちちゃうからね』

『いや、あれは遊んでいたわけじゃないと思うぞ』

『そうなの？　でも、無事でよかったね』

『ん、まぁ…』

そんな会話をしながら、少女は仔猫を放して無邪気に手を振っていた。

綺麗な服は少し土で汚れてしまったようで、兄がそれを手で払ってやっているのを『ごめんなさい』と謝りながら、彼女は去っていく仔猫の後ろ姿を見て微笑んでいる。

──可憐だ…。

カイルは棒立ちになり、うっとりと彼女を見つめていた。

何て優しい心根、何て美少女なんだと胸が苦しくなった。

そのうちに追いかけてきた衛兵たちに捕まり、中へ戻るよう促される。それを無視していたら、不意に大聖堂の鐘が大きく響いた。

『大変だ。鐘が鳴っている…ッ！』

呆然と呟くと、衛兵たちが大聖堂を振り返って『そのようですね』と頷く。

しかし、そうではないのだ。カイルの頭の中では大聖堂の鐘に共鳴して別の鐘の音が鳴り響き、少女と自分が寄り添う姿がくるくると回っていたのだ。おまえたちには分からないのかと問いかけたが、何故か皆、首を傾げるだけで話にならない。

ふと気がつくと二人の姿が消えていた。

衛兵たちに邪魔をされていた間に、どこかへ行ってしまったのかもしれない。

カイルは無我夢中で捜しまわる。今、彼女を見つけなければ一生後悔すると思った。

そうしているうちに美しい亜麻色の髪がふわりと揺れるのを視界の隅で捉え、本能に従ってその方向へ颯爽と進んだ。後ろから衛兵たちが追いかけてきていたが、そんなものに構っている場合ではない。今から一世一代の大勝負が待っているのだ。

少女と目が合い、カイルはすかさず口を開く。

言わねばならない言葉は既に決まっていた。

『一目惚れだ。結婚してくれ』

――ああ、驚いた顔も凄くいい…。

彼女を手に入れるためにも、自分に何が出来るだろう。

他の男になど絶対に渡すものか。時間をかけてでも、少しずつ少しずつ好きになってもらってみせる。跪いて愛を誓ったあの日のことは一生忘れないだろう。

「もっと、もっと私を好きになればいい……」

エマの手を頬に当てたまま、カイルはゆっくりと目を閉じる。

何だかとてもいい夢を見ている気分になって、それに身を任せてしまいたくなった。

ベッドに座りながらうつらうつらとしていたが、やがてかくんと力が抜ける。ぷつんと記憶が途切れ、どうやらそこで眠ってしまったようだった。

翌朝、朝陽の中で目覚めたことで、カイルは初めてそのことに気がつく。

すぐ傍には微笑むエマがいて、柔らかな手でカイルの髪を梳いていた。

こんなに穏やかな気持ちは久しぶりだ。あまりに心地が良かったので、あと少しだけこのままで寝たふりをしていようと思った――。

❀　❀　❀

その日の午後、エマはカイルに伴われ、王宮の最上階にある一室に連れてこられていた。四方に置かれた燭台に灯った炎が、室内をぼんやりと照らしている。窓はあるが漆黒の布で全て塞がれており、陽の光は全くと言っていいほど入ってこない。

小さなテーブルと二脚の椅子、そして中央に置かれたベッドがあるだけの簡素で寂しいその部屋は、例の隠し部屋に迷い込んだ錯覚を抱かせた。

「ルカ」

カイルが声をかけると、微かに人影が揺れ動く。

ベッドの端に腰掛けていたルカが、身じろぎをしてこちらに顔を向けていた。

彼の両腕には手錠が嵌められているものの、どこかに繋がれているわけではない。

しかし、暴れる様子は見られず、それどころか、その眼差しから以前の傲慢さは消え失せ、抜け殻のように虚ろだった。

エマが扉の傍で立ち尽くしていると、「ここでいいから」と言って、カイルは一人でルカの傍に近づいていく。そんなことが出来る勇気はエマにはまだなかった。

「――ルカ、おまえの処遇を決めた」

カイルはテーブルの横で立ち止まり、ルカを静かに見下ろす。

ルカの方はそんな彼をじっと見上げているだけで、目立った反応は見せなかった。

「父上の言葉を覆すことはしない。おまえは偽者のまま、これからアイザックと同じ道を辿ることとなる」

「……」

「……ただし、それは世間的な死を意味するものだ」

そう言うと、カイルは持ってきた首輪をテーブルの上に置いた。

それは少し前までカイルを繋ぎ、それより前はルカを繋いでいたものだ。オリバーの剣によって首輪から数十センチのところで切断された鎖がそのままの状態で残されており、ジャラ…と金属の輪が擦れ合う音がした。

「おまえを繋ぐことはもうしない。腕の錠もあとで外してやる」

「……？」

「だからおまえは自分の意志で、どこへなりとも好きなところへ行けばいい。何不自由なく生きていけるようにもしよう。どんな無理をしてでも私がそうしてやる」

「好きな、ように？」

ぽかんとするルカにカイルは無言で頷く。

その会話にエマは驚愕で目を見開き、息を呑んでカイルの背中を見つめた。

それは、かつてのカイルが描いたルカの未来そのものだった。しかし、今となっては、あまりに譲歩しすぎた驚くべき決断に思えた。

確かにルカの素性は同情に値するものだ。悲劇と言ってもいい。王の子として生まれたにもかかわらず、その存在は一度も表に出ることなく闇に葬られてしまった。世の中を呪い、憎悪する気持ちも分からなくはない。カイルにその矛先を向けたのも、いいように利用されたといえばそうなのだろう。

しかし、だからこそルカは危うい。

誰かにまた利用されないとも限らない。やろうと思えば協力者を募ることも出来るだろうし、再び反旗を翻すことだってあり得るのだ。

「好きな、ように……」

自身に言い聞かせるようにルカはもう一度呟く。

何度か瞬きを繰り返し、テーブルの上の首輪をじっと見つめていた。

表情だけではその考えは読み取れない。エマは息をひそめて二人の様子を見守ることしか出来なかった。

やがて立ち上がったルカは、足を引きずりながらテーブルに近づいていく。カイルに剣で突き刺された時の傷が思いのほか深いのかもしれない。

そんなことを考えていると、突然ルカが思わぬ行動にでる。

テーブルに置かれた首輪を手に取り、それを自分の首に嵌めてしまったのだ。

ルカは片足を引きずりながら大人しくベッドに戻っていく。

先ほどと同じように腰掛けると、またカイルをじっと見上げた。

「……今さら放り出されて、どこへ行けばいいの？　……困るよ」

そう答えたルカは、小さな子供のようだった。

とても大きな身体をしているのに、縋るような眼差しでカイルを見ていた。

カイルがそれに答えることはなく、長い長い沈黙が訪れる。

とてもじゃないが、この二人の会話に口を挟めない。エマは扉の傍で立ち尽くすだけだった。

やがて、カイルはルカに背を向け、エマのもとへ戻ってくる。

肩を抱き、そのまま部屋を出ていこうとしていた。

「あ、あの。カイル…」

「いいんだ。行こう」

本当にいいのだろうか。

思いながらルカに目を向けると、僅かに首を傾げた彼と目が合った。

「ねぇ、エマ。カイルとキスをしているところを見せてよ」

「……っ!?」

いきなり何を言い出すの。

エマはどうしていいか分からず、戸惑いを顔に浮かべる。

すると、隣に立つカイルが呆れた様子で大きく息をつき、扉を開けてエマの背中をそっと押した。

「先に戻って。すぐに追いかけるから」

「でも……」

「心配しなくていい。少し話すだけだ」

静かに苦笑を浮かべるその顔は至って冷静に見えた。

二人にしても大丈夫なのかと躊躇う気持ちはあったが、たとえルカが暴れ出してもカイルは剣を携帯していたし、外には衛兵も待機している。実際何かが起こった場合、エマがいた方が邪魔になるかもしれなかった。

「分かったわ。じゃあ、廊下で待っているから」

「ありがとう」

カイルは微笑み、エマの左手の薬指に唇を寄せ、小さく頷いてから扉を閉めた。

エマは少しの間、閉まった扉を見上げていたが、中の様子は窺い知れない。

扉の前に立つ二人の衛兵に事情を説明してからそこを離れ、カイルが出てくるのを廊下の先で待っていることにした。

✿　✿　✿

「……ルカ、私はおまえとエマを共有するつもりはないよ」

扉を閉めながら後ろを振り向き、カイルはベッドからこちらを見ているルカを睨んだ。

ルカはどことなく残念そうに笑みを浮かべていた。

——やはりそういう意図だったか。

溜息をつきながら、カイルは部屋の中ほどまで戻った。

恐らく、ルカはカイルとエマがキスをしているところを見て、自分に重ねあわせようとしていたのだろう。要するに、エマとのキスを疑似体験したくてあのようなことを言い出したのだ。

同じ顔をしたこの弟が何を考えているのか、閉じ込められる前よりも今の方が分かってしまうのは何の皮肉だ。

憂鬱《ゆううつ》な気分になりながら、カイルはテーブルの傍に置かれた椅子に腰をかけた。

「おまえはエマを手に入れられない。いい加減、諦めろ」

「別に、少し思い出したり、想像するくらいだ」

「何だと？」

「ほんの少しだけだよ」

ルカは自身の舌を突き出して、それを指先で弄りながら上目遣いでカイルを見つめる。

カイルは目の前でエマを奪われそうになった時のことを思い出し、瞬時に頭に血が上っていくのを感じた。

しかし、殴りかかりそうになる手前で、ぐっと拳を握って気持ちを抑え込む。

今日はこんなことのために来たわけではない。そもそも、響かない相手に何を言っても意味がなかった。

その様子を見て、ルカは不服そうに眉を寄せる。

もしかしたら、カイルの反応が欲しくてわざと挑発したのかもしれなかった。

「エマは不思議な女だ。話によると彼女はカイルが強引に手に入れた婚約者のはずなのに、私がエマを強引に手に入れようとするのは酷く嫌がった。エマはどうして私ではなくカイルを選ぶのだろう。私からはカイルの痕跡を見つけられないのだそうだ。あの言葉の意味が未だによく分からない」

「は…、強引の意味合いが違うだろう」

「違うのか」

「おまえと私も違う」

「……」

訝しげに見つめられ、人の気持ちに疎《うと》すぎるルカに対して舌打ちしたい気分になった。

エマとカイルは共に過ごしてきた時間の積み重ねがある。同じ顔でも中身が違うのは当然で、痕跡が見つけられないというのは、その中身に対して彼女が感じたことなのだろう。

それに、強引に手に入れた婚約者とは、少しカチンとくる言い方だった。

恋に落ちたのは一瞬のこと。完全なる一目惚れで、強引に手に入れたと言われれば否定出来ない部分はある。しかし、跪いて彼女に求婚してからこの関係になるまでに、それはそれは長い年月を必要としたことも事実なのだ。

「おまえなどに分かるものか。エマとキスをするのに私は三年もかかったんだ」

「え…」

「身体に触れさせてくれるまで、更に五年がかかった。肌を合わせるのに、また更に四年だ」

「……長いな」

「それで手に入るなら安いものだ。下手に手を出して嫌われたくなかった。一方的に好きになったからこそ必死だったんだ。だから、エマに会うたびに愛していると呪文のように言い続けた。彼女が私だけを愛するようにと、ひたすら心の中で念じ続けた。彼女の家に通い続け、どれだけ真剣なのかを分かってもらいながら家族とも親交を深めた。そうやって周りも固めていきながら、何年もかけて少しずつ好きになってもらった。……ルカ、この意味がおまえに分かるか？　欲しがるだけでは、手に入らないものがあるんだ」

カイルはルカを見据えながら立ち上がる。

こんなことを言ったところで、ルカにそれが理解出来るとは限らない。

この弟にまだ何かを期待しているのだろうか。それでも言わずにはいられなかった。

「……分かった、気がする」

しばしの沈黙の後、ルカは目を泳がせながらぎこちなく頷く。

明らかに何も分かっていない顔だった。

カイルは溜息をつき、身を翻して部屋を出ていこうとした。

「もう行くのか？」

問いかけに、振り向くことなく頷く。

ルカとはもう話すことがない。どこにでも好きなところへ行っていいという話に対して、この薄暗い部屋から出ることを拒絶し、自ら殻に閉じこもることを選択した。

しかし、ルカがそう選択するのは、カイルにとっては予想の範囲内でもあった。

カイルを閉じ込めている間も、彼はずっとそうだったからだ。

一歩外に出れば、今まで身を置いていた場所とかけ離れた世界が待っている。

陽の光が差し、明るく煌びやかな王宮。

雑多な話し声に、そこかしこに行き交う人々の気配。

ルカは無意識にそういうものから遠ざかろうとしていた。一日中繰り返される女たちとの交合は、彼の好む薄暗い場所で済ませられる都合のいい快楽だったのだ。

カイルは扉に手をかけ、後ろを振り返る。

ルカは首輪やふくらはぎを触りながら、じっとこちらを見ていた。

その姿は初めて出会った時のことを思い起こさせる。

読めない表情はからくり人形のようだと思ったが、よくよく思い返してみると、あれにはあれで意味があったのかもしれない。カイルの自室から続く隠し部屋に身を置いてからも、ルカはしばらくの間、そんな目でカイルを見ていた。

きっと害を与える相手かどうか、観察していたのだろう。

——馬鹿なルカ。おまえはいつになっても、敵と味方の区別もつかない。

だから、そうやって固い殻の中で生きていくのか？

からっぽなまま、死ぬまでずっと？

「——カイル、思い出したことがあるんだ」

その顔をじっと見ていると、ルカがぽつりと呟く。

「目の前でカイルが『ルカ』と繰り返して、それを私も繰り返した。少し、くすぐったい気持ちになったのを覚えている。嬉しかったんだろうか……。だが、何故だろう。私の記憶はそこからしかないんだ」

「……っ」

驚いて目を見開く。

まさかあれを覚えていたとは思わなかったのだ。

「カイル…、おまえを憎んでいたのか、本当はよく分からないんだ。ただ、ずるいと思った。同じだと思っていたカイルには違う世界があると知って許せないと思った。だからカイルになって、同じものを手に入れようとした。そう出来ると信じていた。……なのに私が部屋を出て学んだのは、女の身体が気持ちいいということだけだ。それも、もう飽きてしまったな……。私はどうしてカイルになれないのだろう？　本当はあんなふうになりたかった」

「あんなふう？」

意味が分からず首を傾げる。

ルカに憧れを持たれるようなことは、何一つ思い浮かばなかった。

「アイザックの腕と足が斬《き》られた瞬間、とてもぞくぞくした。あの時のカイルに私はなりたかった」

「意味が分からない」

「どうして?」

突然爛々と輝き出すルカの眼差しにカイルは顔をしかめる。

馬鹿なことを。あんな姿に憧れたというのか?

あれは別に自身の快楽のためにしたことではなかった。

「あれは大事なものを奪おうとした敵だ。それなのに、あの場で命を取らずにいてやったのだから極めて穏便な対応だろう。残りの人生で、多少の生き地獄を味わったかもしれないが、あの男がしたことに比べれば小さな出来事だ」

実際、心の底では甘い行動だったと思っているのだ。

様々なことを自白させるため、生かしておくことは必要だった。けれど、どのみち処刑されるなら、あの時あの瞬間、この手で沈めてしまえばよかったと悔いる自分がいるのも確かなのだ。

「それは私に対しても思っていることか?」

不意に問われた言葉にカイルは微かに呼吸を乱した。

そうだ、本当はおまえの首を刎ねるつもりだった。

心の中でもう一人の自分が叫んでいたが、曖昧ながらもずるいと思ったというルカの気持ちも痛いほど分かってしまい、そんな表現しか出来ない幼さに拳を握り締めて自身の感情をねじ伏せた。

「二度目はない。それだけはよく胸に刻んでおけ」

感情を押し殺していたからか、抑揚のない冷たい声だったのかもしれない。

ルカはそんなカイルを見て、びくんと肩を揺らしていた。

「……たぶん私は、カイルにはずっと敵わない気がする」

程なく小さな呟きを耳にして、カイルは眉根を寄せる。

寂しそうな、それでいて羨望にも似た眼差しを向けられていた。

急にそんな顔をされても反応に困り、カイルは無言で部屋を後にする。今出来る最大限のやり方で向き合ったつもりだが、自分の心に微かに残った闇の部分をもあぶり出そうとするようなその眼差しは、あまり居心地のいいものではなかった。

「カイル！」

廊下に出るとすかさずエマが駆け寄ってくる。

それほど長居をしたつもりはなかったが、もしかして心配させたのだろうか。

彼女はどことなく不安げな顔をしていた。

「手を繋ごうか」

手のひらを差し出すと、エマは素直にその上へ自分の手を置いた。

柔らかな手を握り締めて、カイルは廊下を歩き出す。エマは聞きたいことがあるが、躊躇っているといった様子でちらちらと顔色を窺っていた。

何て分かりやすいのだろう。

先ほどまでの毒気が一気に抜かれていくようだった。

「どうかしたか？」

「あ、えっと…。彼は本当にあのまま？」

少し言いづらそうにしてエマはカイルを見上げていた。

ルカの処遇については、少なからず驚かせたのだろう。しかも、ルカ自身は自らの意志で首輪をつける始末だ。まだその思考を理解出来ていないエマにとっては、不思議な行動に見えたのかもしれなかった。

「本人が望んでいる限りは、あのままにするしかない」

「そう、よね……」

「無理矢理追い出した方がよかったか？」

「というか、一人で放り出しても大丈夫なのかなって思ったの。もしかしたら、また悪意のある人に利用されるかもしれないじゃない」

「ああ、それは、一人で放り出したりはしないよ。……とはいえ、ルカの世話を焼けて、間違ったことには説教をして、暴れたら押さえられるくらいの有能な人間が必要だが」

「そんな人、いる？」

エマは眉を寄せて首を傾げている。

同じようにしてカイルも首を捻り、すぐに思いついた人物を提案した。

「オリバーなんてどうだろう。心配性で面倒見もいい。自分の意見もはっきりしている。案外適役かもしれない」

「……そうなったら、恋人にすぐ振られてしまいそう。今だって相手はいないけど」

「そうなのか」

当然こんな話は冗談なのだが、エマはあれこれ想像しているようで、複雑な表情を浮かべていた。

カイルはくすりと笑い、彼女を抱き締めて窓の外を見上げる。

いつの日か、ルカが外に出たいと望む時など来るのだろうか。

そうなったら、いいとは思う。

暗い場所に閉じ籠もることを望んでいる今の状態では、とてもそんなことは考えられないけれど……。

「私ね、思ったのだけど」

「うん？」

「ルカはきっとまだ八歳なのよ」

「……？」

「カイルと出会った時に生まれたんじゃないかってこと」

「私と出会った時に……」

それは突拍子もないようで、納得してしまう考えでもあった。

先ほど、ルカは自分たちが出会う以前の記憶がないと言っていたのだ。その時からルカの時間が動き出したとも取れる発言だった。

あの悪夢の日々はなかなか消えそうにない。

それでも、そんなふうに考えられれば様々な憤りも少しは和らぐだろうか。

どんな感情を抱えていようが、カイルはこれからもルカを見続けていかなければならないのだから……。

「カイル？」

「今夜も手を繋いで眠ろうか」

耳元で囁くと彼女は嬉しそうに笑った。

胸の中にその柔らかな身体を閉じ込め、カイルも同じように笑った。

君と手を繋いで、抱き締めて目を閉じる。

そうすれば、今夜も一緒に夢を見られる気がした――。

# あとがき

最後までご覧いただき、ありがとうございました。作者の桜井《さくらい》さくやと申します。

本作でソーニャ文庫さんから出させていただく四作目の作品となりました。

今振り返ってみて一番印象深く覚えていることは、次回作を…と話を頂いた時に「双子もので、片方が片方に飼われてしまうお話を書きたくて…」と、もの凄く大まかな設定を伝えたところ、「いいですね」と編集さんに即答いただいたことだった気がします。そこから物語を作り上げていく過程がとても楽しかったお話でもありました。

今回はざっくり言うと、歪んでしまった兄弟愛にヒロインが巻き込まれたお話です。

そう書くとドロドロしているのですが、カイルの性格がああなので、そこまでダークな印象にはなっていないのではと個人的に思っています。閉じ込められている間に狂ってしまわないように、ある程度、前向きでめげない人でなければならなかったので……。

実際、カイルの性格がルカのようだったら、エマも一途に思い続けるのか、そもそも好きになるかどうかも怪しいですから、救いようのない話になっていたのかもしれません。彼らはまだ道半ばです。カイルには大きな傷が残りましたが、それでも彼にはエマやオリバーがいますし、あの前向きさで国を、人を引っ張っていくのだと思います。

ルカは……、彼にもたった一人の相手が見つかればいいのですけどね。まずは外に出てもらわねばなりませんが、もうしばらく時間が必要なのだろうと。出てきたら出てきたで一悶着《ひともんちゃく》はありそうですが、よほどのことをしなければカイルに見捨てられることはないでしょうから、片田舎でのんびり生きていく人生が彼に与えられてもいいのではと密かに思っていたりします。

最後にイラストをご担当いただいた涼河《すずかわ》マコト先生、編集のYさん、本作に関わっていただいたすべての方々に、この場をお借りして御礼を申し上げます。

それでは、ここまで長々とおつきあいいただき、ありがとうございました。

次の作品でも皆様とお会いすることが出来れば幸いです。

桜井さくや

この本を読んでのご意見・ご感想をお待ちしております。

◆ あて先 ◆

〒101-0051
東京都千代田区神田神保町2-4-7 久月神田ビル7階
㈱イースト・プレス　ソーニャ文庫編集部
桜井さくや先生／涼河マコト先生

# 闇《やみ》に飼《か》われた王子《おうじ》

2015年7月10日　第1刷発行

| | |
|---|---|
| 著　者 | 桜井《さくらい》さくや |
| イラスト | 涼河《すずかわ》マコト |
| 装　丁 | imagejack.inc |
| DTP | 松井和彌 |
| 編　集 | 安本千恵子 |
| 発行人 | 堅田浩二 |
| 発行所 | 株式会社イースト・プレス<br>〒101-0051<br>東京都千代田区神田神保町2-4-7 久月神田ビル8階<br>TEL 03-5213-4700　FAX 03-5213-4701 |
| 印刷所 | 中央精版印刷株式会社 |


ISBN 978-4-7816-9557-0

Sonya ソーニャ文庫の本

『執事の狂愛』　桜井さくや

イラスト　蜂不二子